„Die Bipolare affektive Störung (auch bekannt unter der Bezeichnung 'manisch-depressive Erkrankung') ist eine psychische Störung und gehört zu den Affektstörungen. Sie zeigt sich bei den Betroffenen durch episodische, willentlich nicht kontrollierbare und extreme Auslenkungen des Antriebs, der Aktivität und der Stimmung, die weit außerhalb des Normalniveaus in Richtung Depression oder Manie schwanken."
Wikipedia

„Prejudices, it is well known, are most difficult to eradicate from the heart whose soil has never been loosened or fertilized by education; they grow firm there, firm as weeds among stones."
Charlotte Brontë

„We work in the dark - we do what we can - we give what we have. Our doubt is our passion and our passion is our task. The rest is the madness of art."
Henry James

„Fuck!"
Maxi Winter

Carola Wolff

Mein erster Selbstmord

Roman

© 2012 by Carola Wolff
Illustration: Doris Kawgan-Kagan
Lektorat: Jörg Lux
Herstellung und Verlag: BoD – Books on Demand
Bibliografische Information der Deutschen Nationalbibliothek:
Die Deutsche Nationalbibliothek verzeichnet diese Publikation in der
Deutschen Nationalbibliografie; detaillierte bibliografische Daten sind
im Internet über http://dnb.dnb.de abrufbar.
ISBN: 978-3-8482-0164-8
Die Autorin im Internet:
www.carolawolff.de

Für R.H.

Alle den Kapitelanfängen vorangestellten Zitate stammen von bekannten Persönlichkeiten, die an einer bipolaren Störung litten, oder deren Lebenslauf das nahe legt. Nur für einige liegt eine Diagnose im medizinischen Sinne vor.

Auflistungen findet man im Internet,
z.B. hier: www.bipolaris.de

1.

„I am prepared to meet my Maker. Whether my Maker
is prepared for the great ordeal of meeting me
is another matter."
Winston Churchill

Selbstmord ist eine prima Lösung.
Weil: Einmal verrückt, immer verrückt. Das ist die Scheiße. Du wirst es einfach nicht mehr los. Die Woolf hat es gewusst. Hat sich Steine in die Taschen gesteckt und sich selbst ertränkt wie eine räudige Katze. Sylvia Plath? Kopf in den Backofen, Gas aufdrehen, fertig. Van Gogh musste sich erst noch ein Ohr abschneiden und Kurt Cobain hat sich gleich das Gehirn rausgeblasen. Manisch-depressiv, alle miteinander.
Der Tod ist das Licht am Ende des Herrenklosetts. Ein helles, ruhiges Licht, das vor allem eines bedeutet: köstlichen inneren Frieden. Keine miesen kleinen Botenstoffe mehr, die durch mein Hirn rauschen und alles durcheinanderbringen. Die aus der Welt abwechselnd einen Ort des Grauens und der Trauer machen, nur um dir im nächsten Moment vorzugaukeln, das du die Größte bist und der ganze Planet dein Spielzeug.
Ich habe als Kind beim ersten Mal Achterbahn fahren auf dem Rummelplatz schon kotzen müssen. Mittlerweile ist mein ganzes Leben ein einziger Monsterlooping. Mein Arzt nennt es ein 'chemisches Ungleichgewicht' und verschreibt mir Lithium.
Der Beipackzettel ist so lang wie der Stairway to Heaven und Haarausfall noch eine der niedlicheren Nebenwirkungen.
Ausgerechnet meine Locken. Gibt sonst nicht viel an meinem Spiegelbild, auf das ich stolz wäre.

Ich lege Sting auf: „Lithium sunset."
Musik, mein mood stabilizer. Immer schon. Seine Hymne an die kleinen weißen Pillen. Der Gute war da. Er hat es gesehen. Er zieht nur die falschen Schlüsse.
Nee, wird nichts besser. Nie wieder.
Egal, was Sting sagt, auch wenn er es geschafft hat und immer noch auf die Bühne geht. Er nimmt seine Tabletten und kann trotzdem singen. Ich schlucke das Zeug und finde meine Worte nicht mehr wieder.
Beim Schreiben scheint das wohl anders zu laufen als beim Singen? Mein Hirn taucht in einen zuckerwatteweichen Nebel und verweigert selig lächelnd die Zusammenarbeit. Schreiben. Das Einzige, was mein Dasein halbwegs erträglich gemacht hat. Das Einzige, was immer zuverlässig funktioniert hat. Ein Leben ohne Schreiben?
Ich bring mich um.
Wär ja nicht das erste Mal.
Die Stimme aus dem off. Noch ein Grund, mich umzubringen. Er heißt Janus, steht mitten in meinem Wohnzimmer am Kamin und mustert mich aus kritisch zusammengekniffenen Augen. Hübscher Mann, schmale Hüften, breite Schultern, dunkle Haare. Ein richtiger Frauenromanheld. Zwanzig Jahre jünger als ich. Dem würde so manche Frauenzeitschrift-Leserin hinterher sabbern. Dabei gibt es nur ein klitzekleines Problemchen: Er existiert gar nicht. Nur in meiner Einbildung. Ich habe hier so eine Art weißes Riesenkaninchen am Hacken, nur das ich nicht Jimmy Stewart bin und Janus nicht Harvey heißt. Aber er ist mein Freund. Mein einziger Freund. Abgesehen vom Kater. Räudiger Straßenkämpfer mit abgeknabberten Ohren. Flohzirkus, der aus irgendeinem Grund entschieden hat, mein Sofa gehöre

ihm. Nur heute Abend ist er nicht hier. Treibt sich irgendwo im Garten herum und stellt den Damen nach. Kluges Tierchen. Hat wohl geahnt, was ich vorhabe.
Wo ist mein Glas? Da, auf dem Couchtisch. Ist sogar noch was drin. Nichts geht über einen guten Rotwein, und Shiraz ist der Beste.
Janus hat natürlich recht. Ich hab's schon mal versucht. Eher halbherzig.
Vielleicht liegt es an deinem Alkoholkonsum.
Ich kuschele mich tiefer in die Sofakissen, ignoriere Janus' Kommentare und trinke. Puhle ein paar Krümel von der letzten Tafel Zartbitterschokolade aus der Sofaritze. Besser als nichts.
Zartbitter und Rotwein: Davon lebe ich.
Sting schweigt, Janus schweigt, der Fernseher auch. Ich habe den Ton abgedreht. Obwohl es gerade mal wieder eine Wiederholung von der Nanny gibt. Aber ich kenne sie sowieso alle. Will nur das bunte, flackernde Licht haben. Menschen sehen.
Alles ist besser als der feucht-graue Oktoberabend, der draußen im Garten hockt und Nacht werden will.
Es ist die große Traurigkeit, die mich jedes Mal wieder erwischt. Die sich zwischen mich und alles andere schiebt, die mich entrückt, ver-rückt.
Allein.
Hinter dem Wort heult ein brennender Höllenwind, dessen Hitze noch nicht einmal mein Shiraz beikommt.
Warum bin ich noch hier?
Natürlich weiß ich die Antwort. Weil ich zu feige bin. Eine feige Möchtegernselbstmörderin. Gibt es etwas Dümmeres?
Eine betrunkene Schriftstellerin, die sich von ihren Figuren auf der Nase herumtanzen lässt.

Figur. Nur eine! Auch wenn diese einen knackigen Hintern hat und ihn gerne zeigt.
Janus hat sich dekorativ in Pose geworfen, doch ich weiß, dass er besorgt ist. Dazu hat er auch allen Grund. Wenn ich krepiere, geht er mit über den Jordan.
Im CD-Spieler ist Sting gerade von Nick Drake abgelöst worden. Er beschwört seinen 'Pink Moon', der uns alle noch erwischen wird.
So lange kann ich nicht warten. Nick hat es doch auch geschafft. Ich weiß nicht, ob er auch manisch-depressiv war, oder nur todunglücklich. Aber das Ende aller Quälerei hat er selbst bestimmt. Eine Überdosis Antidepressiva. Ganz einfach.
Ups. Jetzt habe ich die Flasche umgekippt. Ist zwar nicht mehr viel drin gewesen, aber es ist schade um jeden Tropfen.
Siehst du, das meine ich. Du legst dich bäuchlings auf den Wohnzimmerteppich und leckst den Rotwein auf!
Es sollte mir peinlich sein, sogar vor einem imaginierten Geschöpf. Aber das ist es nicht.
Noch ein Grund, mich umzubringen. Zumal die Aktion nicht ganz den erhofften Erfolg bringt. Ich erwische nur Fussel und Teppichflusen. Ein paar Katzenhaare sind auch dabei. Bah. Ich habe den Mund voller feuchter Wolle. Hier ist eine tolle Idee: Ich fresse Teppichflusen, bis ich daran ersticke!
Janus lässt vom Kamin her ein verächtliches Schnauben hören.
Mir egal. Ich habe noch mehr Flaschen. Kann mir eine Neue aufmachen, um die Flusen runterzuspülen. Und dann denke ich mal richtig über mein Problem nach.
Ich finde einen Weg.
Ich bin Schriftstellerin. Ich habe jede Menge Fantasie.

Schließlich habe ich dich erschaffen. Professor Janus, Leiter der Nachtakademie.
Das ist fünf Jahre her.
Ich weiß. Und seitdem kannst du deine Klappe nicht halten.
Du redest gern mit mir.
Ich habe sonst niemanden mehr.
Nun ja, vielleicht hättest du nicht versuchen sollen, deinen Freundinnen reihum den Mann auszuspannen.
Da war ich in einer manischen Phase. Konnte und wollte mich gar nicht beherrschen. Ich war ein einziges, zitterndes Bündel voll Verlangen, meine Lust lief Amok und war auf der Suche nach willigen Opfern, auch nicht besonders wählerisch. Übrigens: Keines der Opfer hat sich je beschwert. Im Gegenteil. Die meisten hatten gerne eine sexhungrige, hemmungslose Frau im Bett. War eine nette Abwechslung.
Wo ist der Rotwein und mein Glas... verflixt. Jetzt habe ich es fallen lassen. Scherben überall.
Du bist zu betrunken, um dein Glas zu halten?
Ich glaube, ich muss dich umschreiben, Janus, mein schöner Freund. So moralinsauer gefällst du mir gar nicht.
Schau mal, diese Scherbe. Hübsch nicht? So gezackt. Sieht aus wie ein Blitz. Wenn ich sie hier, am Handgelenk, ansetzte... oder besser, hier? Da laufen gleich mehrere Stränge unter der Haut, schimmern lila-bläulich. Welcher ist der Dickste?
In welchem pulsiert es am Hartnäckigsten?
Und warum reicht einer nicht aus? Kein Wunder, das es so schwer ist, das Leben abzustellen. Es hat sich in so vielen Windungen verkrochen. Aber ich kriege es schon noch.

Au, das piekt. Und ich hab's noch nicht mal durch die Haut geschafft.
So wird das nie was.
Verdammte Scheiße, Janus, ich weiß. Ich weiß. Das ist mein Problem. Ich möchte aufhören zu existieren. Ich will Ruhe und Frieden.
Aber der Gedanke an Schmerzen erschreckt mich. Es soll nicht wehtun, oder nur so wenig wie möglich.
Wenn es einen Knopf gäbe, den ich drücken könnte. Einen Blutroten. Und dann falle ich augenblicklich tot um. Einfach so.
Oder werde gleich pulverisiert. Dann muss niemand meinen Kadaver entsorgen.
Pech: kein Knopf.
Nein. Was dann? Ich brauche jemanden, der mich um die Ecke bringt. Schnell und vor allem schmerzlos.
Engagiere einen Killer.
Hör auf, dich über mich lustig zu machen. Obwohl, eigentlich ist die Idee gar nicht so dumm. Hat leider nur einen entscheidenden Haken: Ich bin pleite.
Ich erinnere mich an die Schlagzeile: „Maxi Winter, die deutsche Jenny K. Rahling!" Hieß es nicht, die Dame, die diesen Zauberlehrling erfunden hat, würde mehr Geld besitzen als die Queen?
Fang bloß nicht schon wieder damit an. Was interessiert mich die Rahling.
Der Vergleich hat mir damals das Genick gebrochen. Leider nicht buchstäblich.
Ich habe mit meinen zwei „Dunkelkind-Bänden" ganz ordentlich verdient. Aber nie so viel wie die Heribert Otter Erfinderin.
Und außerdem ist die Rahling nicht manisch-depressiv. Die hat ihr Geld sicher angelegt, anstatt es zu verschleudern.

Wie war das, als du vier Küchen auf einmal gekauft hast? Und dann der Tag, an dem du von einem Hochhaus am Potsdamer Platz ein paar Hunderttausend Euro geworfen hast. Einfach so.
Scheine, die im Wind tanzten.
Menschen, die unten zusammen liefen, wie aufgeregte Schaben, wenn man den Kühlschrank beiseite schiebt.
Es war sehr schön.
Anschließend hast du dich ausgezogen und bist über den Marlene-Dietrich-Platz spaziert. Splitternackt.
Und auch das war schön. Der kalte Wind auf meiner erhitzten Haut. Die Freiheit im Kopf.
Ich hatte erkannt, dass alles unwichtig war. Ich, das Leben, die Menschheit. Nur Vertrauen musste man haben. Vertrauen in das Universum.
Ich habe die beiden Polizisten angelächelt, die mir eine Decke überwarfen und mich in eine Wanne zwängten.
Ich habe sogar noch gelächelt, als ich in dem Zimmer mit den hellgrauen Wänden lag, die Riemen um meine Handgelenke so fest geschnallt, dass es schmerzte.
Aber dann kamen sie mit den Spritzen, wischten mir das Lächeln vom Gesicht und mein buntes Universum verwandelte sich in eine stinkende Müllkippe.
Die zweite Flasche ist auch schon alle. Keine Hilfe, nirgends.
Auch nicht im Bücherregal. Und davon gibt es in meinem Wohnzimmer reichlich. Sie sind über drei Wände gewuchert, nur der Kamin ist ausgespart.
Da stehen sie alle, meine alten Freunde, die Letzten, die mir geblieben sind, Rücken an Rücken, und stauben ein. Goethe umarmt Agatha Christie, Schiller schläft mit Frida Kahlo, Kafka trinkt mit Kant, Dickens spielt Schach mit Freud, und auf dem Kamin thront eine Büste Shakespeares.

Große Geister, intelligente Menschen, und die meisten von ihnen total verrückt. Was hat Lord Byron geschrieben?
„If I don't write to empty my mind, I go mad."
Geh lieber schlafen.
Morgen ist auch noch ein Tag? Aber genau das ist das Problem. Ich will dieses Morgen nicht mehr. Ich will nicht noch einen Tag und noch einen. Für immer und immer. Was für eine furchtbare Vorstellung. Im alten Athen hätte ich jetzt zum Magistrat gehen und um Schierling bitten können.
Tatsächlich?
Die hatten es drauf, die Griechen. Selbstmord war ehrenhaft. Wenn du den Magistrat von deinen Gründen überzeugen konntest, dann durftest du ganz offiziell deinen Becher leeren.
Stell dir vor, ich wäre der Magistrat.
Janus sieht eine Chance und setzt ein, wie er glaubt, gelehrtes Gesicht auf. Ich verkneife mir das Lachen. Tue ihm den Gefallen. Kinderleicht:
Geehrter Herr, folgende Gründe bewegen mich dazu, meinem Leben ein Ende setzen zu wollen: Ich bin psychisch krank (unheilbar); ich bin eine Schriftstellerin, die (deswegen) nicht mehr schreiben kann. Ich habe meinen Mann ermordet. Ich stecke bis über beide Ohren in Schulden. Ich werde in einer Woche fünfzig.
Das reicht, oder?
Janus kratzt sich am Kopf. Er sieht widerwillig beeindruckt aus.
Du hast das mit dem Stimmen hören vergessen. Aber ich bin sicher, die Athener hätten das akzeptiert. Zum Glück habe ich keinen Schierling für dich.
Ist vielleicht auch besser so.

Ich hab's mal recherchiert: Schierling ist ein giftiges Doldengewächs. Erst wird dir übel, dann kannst du nicht mehr schlucken oder sprechen und schließlich krepierst du an Atemlähmung. Ach, und die Muskelkrämpfe vorher, die habe ich vergessen.
Scheint höchst unangenehm zu sein. Vergiss es für heute. Geh schlafen.
Janus ist hartnäckig. Ich auch. Die Nanny Folge geht zu Ende. Auf dem Fernsehbildschirm tanzt Butler Niles in Unterwäsche und mit Sockenhaltern zu 'Old times Rock'n'Roll'. CC erwischt ihn. Ich spreche seinen Text laut mit: „You realise of course now I am going to have to kill you."
Ich greife nach der Fernbedienung, deute auf CC, sage leise 'peng' und der Bildschirm wird schwarz. Drehe die Fernbedienung um, richte sie auf mich. Drücke das Knöpfchen.
Nichts.
Auf dem Couchtisch liegt das schnurlose Telefon. Kein Schwein ruft mich an. Keine Sau interessiert sich für mich. Daneben der Bierdeckel mit meiner Strichliste. Ich könnte jemanden anrufen. Nicht den Magistrat. Aber eine mitfühlende Stimme? Janus wird schlagartig munter.
Versuche es doch.
Ich sehe sein hoffnungsvolles Gesicht und fühle mich beschissen. Also gut. Zum krönenden Abschluss der Nacht: Hilfe rund um die Uhr. Ich nehme den Hörer und wähle die Nummer des Krisendienstes. Kann ich mittlerweile auswendig.
Janus' Augen leuchten.
Diesmal klappt es bestimmt.
Nein. Besetzt.

Ich lausche dem elektrischen Piepsen eine lange, lange Weile, und dann lege ich auf. Nehme den Kugelschreiber und mache einen neuen Strich auf meinen Bierdeckel. Zähle kurz die anderen. Knapp dreißig. Immer besetzt. Egal wie schlecht es mir ging, ich bin da nie durchgekommen. Ist die ganze dämliche Stadt kollektiv am ausrasten? Egal. Das war's.
Janus sieht aus dem Fenster in die Nacht hinaus. Seine hängenden Schultern sagen alles.
Also, betrachten wir die Situation doch mal realistisch: Es ist kurz nach Mitternacht. Draußen regnet es, und der Wetterbericht hat minus zwei Grad angedroht. In den vergangenen Monaten klingelte nur der Postbote. Tagsüber. Heute Nacht kommt keiner mehr. Keiner, der mir den Spaß verderben könnte. Ich bin allein. Welcher Mann hält es schon mit einer manisch-depressiven Schriftstellerin aus, die säuft und sich von jedem Kerl flachlegen lässt, der auch nur halbwegs Interesse zeigt? Kein Mann. Kein Held, der mich rettet.
Bei diesem Stichwort kommt Janus näher. Er lässt seine dunklen Wimpern auf- und niederflattern und spitzt die Lippen.
Ein Held! Rettung in letzter Minute! Das gäbe doch eine prima Story! Willst du das nicht aufschreiben?
Hast du mir überhaupt zugehört? Ich kann verfickt noch mal nicht mehr schreiben!
Außerdem gibt es keine Helden. Schon gar nicht so einen, wie ich ihn mir wünsche. Einen, der halbwegs intelligent ist, breite Schultern zum Anlehnen hat, nicht viel spricht und so gut kochen wie vögeln kann...
Janus geht enttäuscht zum Kamin zurück. Er hat es eingesehen. Ich nehme nicht den Glassplitter. Der bricht womöglich auf halbem Wege ab, und dann gibt es eine

echte Sauerei. Nein, ich nehme mein Schweizer Taschenmesser.
Es ist schön: so klein und handlich. Leuchtend rot und dann das weiße Kreuz darauf. Sauber, frisch und klar wie die Schweiz. Höchst effizient: die Messerschneide glänzend scharf. Das kann doch nicht so wehtun, oder? Jedenfalls wird es nicht so wehtun wie eine erneute Runde auf diesem Scheißkarussell namens Leben.
Ich tu einfach so, als wäre ich ein gelber Käselaib.
Längs, nicht quer. Das machen die meisten falsch.
Janus hat sich entschlossen, mir nicht mehr seinen breiten Rücken zuzukehren. Und er hat vor allem etwas Hilfreiches beizutragen. Nicht, dass ich das nicht gewusst hätte.
Als kleines Extraschmankerl nehme ich noch die Schlaftabletten, die ich mir schon so lange zusammengespart habe.
Mit Shiraz hinuntergespült? Ekelhaft.
Janus schüttelt sich theatralisch.
Schon gut, ich weiß, warum du sauer bist. Du willst leben.
Wer will das nicht?
Ich.
Maxi, bist du sicher? Willst du es nicht noch mal versuchen?
Ja, ich bin sicher. Nein, ich will es nicht noch mal versuchen. Todsicher. Todmüde. Ich will endlich raus hier.
Weich, so weich die Haut, so zart. So erstaunlich leicht verletzlich. Ich bin die kleine Meerjungfrau, die barfuß über Scherben läuft.
Der Schmerz ist ein heller scharfer Ton, der in meinem Körper vibriert, erträglich, willkommen, Schweizer Präzision, ein rotes Messer, eine rote Klinge, hübsch sieht das aus. Ich möchte es in ein Weinglas tropfen lassen

und trinken, kann's nicht mehr festhalten, alles wird glitschig, egal...
Schlaf kriecht dunkel über meinen Körper, kann nichts mehr tun, das ist ganz wunderbar, die schwarze Welle steigt immer höher und höher, jetzt habe ich doch einmal in meinem verfickten Leben was richtig gemacht.

Ich fliege. Ich tanze durch das Universum, hüpfe von Planet zu Planet, immer weiter hinaus, nichts kann mich halten, die furchtlose Weltraumtänzerin. Ich bin frei und plötzlich hält mich doch etwas, hält mich am Fuß.
Ich kann mich nicht mehr erheben, ich trage Ketten, schwere Eisenglieder, die mich fesseln, mich niederzwingen, aufzwingen, aufwachen. Mein Gesicht brennt, ein Schlag, noch ein Schlag, ich bin so müde, eine Stimme, die durch's Universum hallt.
„Fuck, Fuck, Fuck", es scheint, als habe ich Gott verärgert, der mag angeblich keine Selbstmörder, aber das Gott Engländer ist, wusste ich nicht.
Seine Flüche dröhnen in meinen beinahe toten Ohren, er soll mich in Ruhe lassen, ich glaube nicht an ihn, also muss er auch nicht an mich glauben.
Doch er schlägt mich schon wieder und ich hole aus, aber Gott hält meine Hand fest. Gott hat eine große, verschwitzte Pranke.
„Bloody hell", sagt er, als er mein Handgelenk sieht.
Er lässt mich los, er lässt mich in seliger Ruhe, danke, Gott, dafür könnte ich sogar ein bisschen an dich glauben, auch wenn du nie da warst, als ich dich gebraucht hätte. Aber jetzt darf ich wieder schlafen, schlafen, ich bin so müde und dann ist diese feuchte Pranke wieder da, arbeitet an meinem Handgelenk herum und die Stimme sagt:

„Wake up, verdammt, los, wach auf", Gott hat also doch kein Einsehen, das war's.
Ich bin fertig mit ihm, er zieht mich hoch.
„Move your ass", sagt Gott, aber das ist nicht Gott, den gibt's nämlich gar nicht, also wer ist das.
Ich hole mit der rechten Hand aus und die wird weggescheucht wie eine lästige Fliege.
„Keep walking, immer schön laufen", sagt er.
Ich will nicht laufen, ich will zurück auf's Sofa. Wer ist das? Was tut er? Ich hätte es doch geschafft diesmal, wirklich, ich will nachsehen, doch jemand hat meine Augenlider zugenäht, aber nicht fest genug. Etwas läuft meine Wangen herunter, sammelt sich salzig auf meinen Lippen, ich war so nahe dran, ich war im Universum, die Tänzerin zwischen den Planeten und jetzt bin ich in der Küche.
Ich kann die kalten Fliesen unter meinen Füßen spüren. Ich hänge in den Armen dieses Fremden wie eine gliederlose Puppe. Er schleppt mich zum Tisch, nimmt sich die Kaffeekanne, schleppt mich zum Spülbecken, füllt die Kanne. Was soll das? Machen wir jetzt Kaffeekränzchen? Tatsächlich, er setzt die Kaffeemaschine in Gang. Ich kann es hören, ich kann es riechen, der Geruch fängt sich in meinem Inneren, stört die ewige Ruhe.
Mir wird übel, er merkt was, zerrt mich zum Spülbecken zurück, gerade noch rechtzeitig! Ich kotze Sternenstaub und Enttäuschung, alles raus, schon besser, ich darf mich hinsetzen, an den Küchentisch, und der unsichtbare Schneider hat meine Augenlider wieder aufgetrennt. Die Fliesen liegen schräg, rutschen dann in die richtige Position, ist auch besser so, ich hätte sonst gleich wieder können. Mein Handgelenk tut weh. Es brennt. Was er da rumgewickelt hat, sieht aus wie ein altes Taschen-

tuch. Ein benutztes Taschentuch. Und da drunter? Ich puhle mit dem Zeigefinger meiner Linken in dem feuchten, rot gefärbten Stoff herum.
„Finger weg! Oben halten."
Er hat meinen Stuhl näher an den Küchentisch geschoben, hat mich eingeklemmt. Ich kann kaum atmen. Er nimmt meinen Arm, drückt den Ellenbogen auf den Tisch, hebt meine Hand hoch. Will er jetzt mit mir eine Runde Armdrücken spielen? Nein, er lässt mich sitzen. Ich warte auf einen Gegner, der längst den Raum verlassen hat, angewidert von meiner Unfähigkeit. Kann ich gut verstehen. Ich bin angewidert von mir selbst.
„Hier! Trinken!"
Eine Hand schiebt sich ins Bild. Mein kleiner Küchentischausschnitt von der Wirklichkeit. Die Hand ist groß, breit und mit feinen schwarzen Haaren übersät. Saubere, glatt geschnittene Fingernägel, alle Achtung. Dagegen sehen meine abgekauten Stumpen erbärmlich aus. Noch viel interessanter ist jedoch, dass der Arm, zu dem diese Hand gehört, in einem weißen Hemd steckt, dessen Ärmel von einem protzigen, goldenen Manschettenknopf gehalten wird. Dicht daneben, auf dem Hemdsärmel, ein paar kleine braunrote Tropfen. Damit wird das Hemd wohl verdorben sein.
Die Hand stellt den Becher ab. Ich betrachte die schwarze Brühe, die darin herum schwappt. Sieht so aus, als hätte er Kaffee gekocht, der tote Tanten weckt. Warum hat niemand die Tante gefragt, ob sie überhaupt geweckt werden will? Vielleicht hatte sie ihre guten Gründe, zu einer toten Tante zu werden. Vielleicht will sie gerne eine tote Tante bleiben.
Mein Handgelenk puckert laut schreiend vor sich hin. Mein Kopf ist schwer, jemand hat meinen Körper mit

Pudding gefüllt. Ich kann meinen Kopf nicht mehr oben halten, ich kann meinen Arm nicht mehr oben halten. Der Pudding läuft aus der Schüssel und landet auf dem Küchenfußboden.
„Shit."
Da ist die Hand wieder. Sie hat einen Freund mitgebracht. Jetzt sind sie also zu zweit. Das hat ihre Laune nicht verbessert. Sie sind grob und ungeduldig mit mir, alle beide. Vielleicht sollte ich Ihnen sagen, dass man Pudding nicht wieder auf die Beine stellen kann. Aber ich habe so ein komisches Gefühl, dass das vergeblich wäre. Also hoch mit dem Pudding. Und ich stelle fest: An den Händen hängt ein Körper dran. Kompakt, hart und unnachgiebig.
„Keep on walking. Laufen. Na los, machen Sie schon."
Da baumele ich also schon wieder an ihm dran, werde bewegt wie eine Marionette. Spazieren geführt in meiner eigenen Küche von einem unerbittlichen Puppenspieler. Links, rechts, links, rechts.
Mein Puppenspieler riecht nach einem billigen Aftershave und scharfem Schweiß. Aber mir wird nicht wieder übel. Ich will nicht kotzen, ich will schlafen. Und zwar für immer und ewig. Wer ist dieser Typ überhaupt, wo kommt er her, mitten in der Nacht? Denn das Nacht ist, das kann ich sehen.
Ich sehe die Dunkelheit, die sich an das Küchenfenster presst und hämisch glotzt. Keiner hat Mitleid mit dem erbärmlichen Schauspiel. Alle gucken zu und freuen sich. Dann lesen sie es am nächsten Tag noch mal in der Presse und freuen sich noch mehr. Durchgeknallte steigern die Auflage und eine erfolgreiche, durchgeknallte Kinderbuchautorin ist ein besonders leckerer Happen für die Wölfe.

Aber es geht links, rechts, links, rechts, und wir kehren dem Fenster den Rücken zu. Dumm nur, dass ich die Dunkelheit in meinem Nacken spüren kann.
„Good girl."
Was hat er gesagt, braves Mädchen? Ich bin ein braves Mädchen? Das glaube ich einfach nicht. Dieser Kerl platzt nach Mitternacht in mein Haus, in mein Wohnzimmer und hindert mich gewaltsam daran, das zu tun, worum mich mein Herz seit Jahren bittet? Und dann nennt er mich auch noch braves Mädchen? Ich bin kein Mädchen, ich bin eine Frau. Ich habe das Recht, über meinen Tod zu bestimmen. Wenn ich schon mein Leben nicht in den Griff kriege, dann doch wenigstens meinen Tod.
„Lass mich los, du Idiot."
Jetzt habe ich ihn überrascht. Er hat nicht erwartet, dass der Pudding sich wehrt. Die Hände wissen nicht, was sie tun sollen und ich nutze meine Chance. Beißen, treten, kratzen. Ich will ihm wehtun. Ich will, dass er verschwindet. Wer auch immer er ist und wo auch immer er hergekommen ist. Das ist mir egal. Er soll nur gehen und mich in Ruhe lassen. Dann finde ich vielleicht den Mut, mein hübsches kleines Schweizer Taschenmesser noch einmal durch Haut und Venen zu schieben. Und diesmal mache ich es richtig. Wollte ich es richtig machen. Denn die Hände sind schneller. Die Linke hält mich auf Distanz. Ich fauche und spucke, aber ich komme nicht an ihn heran. Wie albern, wie lächerlich.
Die Dunkelheit vor dem Fenster ist begeistert. Was für ein Schauspiel. Nun tritt die rechte Hand in Aktion. Ich kann sie nicht kommen sehen, spüre nur einen heißen Luftzug, eine Ahnung von Gewalt, und dann schlägt die offene Handfläche auf meine linke Wange. Mein Kopf

fliegt zur Seite. Der Schmerz dröhnt durch mein Hirn wie Glockenläuten zu einer Beerdigung. Ein metallischer Geschmack erfüllt meinen Mund. Ich glaube, ich habe mir auf die Zunge gebissen.
Aber ich stehe noch. Obwohl mein Weltbild gerade nachhaltig erschüttert wurde. Ich bin noch nie in meinem Leben geschlagen worden. Ich bin noch nie von einem Mann geschlagen worden. Mir fehlen die Worte. Ihm nicht.
„Sorry."
Sorry? Wo kommt der denn her? Ich sehe ihn mir an. Er ist ein bisschen größer als ich, nicht viel. Gerade so, dass er bequem auf mich herabsehen kann. Das Erste, was mir an seinem eckigen Gesicht auffällt, ist die Nase. Groß, kantig, breit. Eine oftmals bearbeitete, vielfach gebrochene Boxernase. Augen dunkelbraun, Augenbrauen buschig und zusammengezogen. Stirnrunzeln, prüfender Blick.
„Alles in Ordnung?"
Die rechte Hand nähert sich wieder meinem Gesicht. Ich zucke zurück, sein Stirnrunzeln vertieft sich.
„Tut mir leid. Ich schlage keine Frauen."
„Und was bin ich?"
Sein Blick erfasst mich, als müsse er, bevor er antwortet, noch einmal genau hinsehen. Was sieht er? Eine kleine Frau mit fettigen, strähnigen Haaren. Sie trägt eine graue Jogginghose und ein weißes T-Shirt, das sich über ihren vollen Brüsten spannt.
Ich bin nicht besonders schlank, aber ich bin auch nicht fett. Meine Titten sind das Beste an mir. Das war schon immer so. Scheint er auch zu finden, denn sein Blick verweilt ausgiebig auf ihnen. Sicherheitshalber kucke ich auch noch mal nach. Ja, sie sind noch da.

Nur mein weißes T-Shirt ist nicht mehr weiß. Hätte ich mir für meinen Selbstmordversuch lieber was anderes angezogen. Aber was? Das wäre doch mal eine Fotostrecke in einer Frauenzeitschrift wert. Die passende Kleidung zum Selbstmordversuch. Die passende Kleidung zum Selbstmord. Was will ich ausdrücken? Die klirrend kalte Verzweiflung? Weißes Pelzjäckchen und Handschuhe. Die Scham, die einem den Atem nimmt wie ein Besuch im Tropenhaus? Bikini und Sandalen. Die Erschöpfung des am Leben müde seins? Boxer-Shorts und Turnschuhe.
Womit wir zurück beim Boxer wären. Meiner hat seine Bestandsaufnahme beendet und guckt mir wieder in die Augen.
„Ich weiß nicht. Sagen Sie es mir."
Frechheit. Ich öffne den Mund, um ihm eine passende Antwort zu geben. Finde keine. Was bin ich? Wer bin ich?
Die rechte Hand des Boxers nähert sich wieder meinem Gesicht. Diesmal zucke ich nicht zurück. Ich habe das Taschentuch gesehen. Er tupft konzentriert an meinem Mundwinkel herum. Wie viele von diesen Taschentüchern hat er eigentlich noch?
„Besser. Jetzt der Kaffee."
Er führt mich zum Küchentisch zurück. Ich setze mich. Braves Mädchen.
Der Kaffee ist noch warm genug. Bitter in meinem Mund, wärmend im Magen. So wohlig warm, dass sich meine Augen wieder schließen, ich möchte mich einkuscheln, einrollen, um eine eigene Mitte herum, mich ganz klein machen, sodass mich niemand mehr sieht. Niemand mehr piekt mit spitzen Stöcken, um festzustellen, ob ich noch lebe.

Ein kleines Tier in seiner Höhle, gemütlich zusammengerollt zum Winterschlaf.
„Not again! Come on, get up. Los, aufstehen."
Die Hände sind wieder da.
Hochgehoben, auf die Füße gestellt, aus der Küche hinaus marschiert. Ich kann nicht mehr.
„Fuck. I am not gonna let you die. I am not gonna waste my last chance on a fucked up bitch."
Er schimpft vor sich hin, die ganze Zeit ein Strom von Flüchen, halblaut. Mein Englisch ist gut genug, um zu begreifen, was er will. Er will verhindern, dass ich sterbe. Warum? Raus aus der Küche, hinaus auf den Flur. Bis zur Eingangstür. Fest verschlossen. Wie ist er eigentlich hereingekommen? Wir drehen um.
Ich versuche, nicht hinüber zur Kommode zu sehen. Scheitere. Auf der Kommode türmen sich ungeöffnete Briefe. Hauptsächlich Rechnungen. Die Kreditkartenfirma. Der Weinlieferant. Die Bank. Diverse andere, die ich gar nicht erst zu öffnen brauche, den Inhalt kenne ich sowieso. Erste Mahnung, zweite Mahnung, dritte Mahnung. Allerletzte Mahnung. Und dann gute Nacht, Marie.
„Keep walking."
Der Boxer schleppt mich den Flur wieder hoch. Rechts rein ins Wohnzimmer. Ist meine Deckenbeleuchtung schon immer so grell gewesen? Scharfkantig stechen die Buchrücken in den Regalen hervor, und der dunkle Fleck auf dem roten Perserteppich glänzt kalt. Frisch ist es hier drinnen, es zieht sogar und dann sehe ich es. Ein kreisrundes Loch in meiner Terrassentür. Genau über der Türklinke. Auf dem Fußboden Werkzeug und eine halb geöffnete Sporttasche. Daneben ein Paar Handschuhe.

„Sie sind ein Einbrecher?"
Ich bleibe stehen und deute auf silbrig glänzende Metallteile, Bohrer und Zangen, die ich nicht zuordnen kann. Durch die halb offene Terrassentür schlüpft die Dunkelheit ins Zimmer. Der Boxer räuspert sich. Ich kann sehen, wie er nachdenkt. Er kann gut Glas kaputt machen, aber ein flinkes Hirn hat er nicht.
„Ich habe Sie gesehen, da, auf dem Sofa, und da dachte ich..."
Das Sofa steht mit dem Rücken zur Terrassentür, und es hat eine hohe Lehne. Ich habe es mir damals gekauft, weil es so schön plüschig und kuschelig ist. Wenn man sich gemütlich in einer der Ecken vergräbt, kann einen von draußen niemand mehr sehen. Der Boxer ist meinem Blick gefolgt. Er betrachtet ebenfalls das Sofa und runzelt die Stirn.
„Sie sind also einfach so vorbeigekommen? Durch den Garten hinter meinem Haus, mitten in der Nacht?"
Er brummt leise vor sich hin. Greift fester um meine Taille, dreht sich um und schleppt mich wieder aus dem Wohnzimmer.
„Was soll das werden? Ich bin doch nicht die Marathonfrau."
Unbeirrt läuft er mit mir den langen Flur wieder hinunter, Richtung Eingangstür. Umdrehen, die Rechnungen nicht ansehen, wieder zurück. Ich weiß nicht, ob es der Kaffee ist oder die frische Luft. Oder sein unermüdliches Auf- und Abgestampfe mit mir als unglücklichem Anhängsel an seiner Seite. Aber mein Hirn funktioniert immer besser und der Pudding weicht aus meinen Gliedern.
„Sie sind also bei mir eingebrochen. Warum, was haben Sie gesucht?"

Wir sind am Ende des Flurs angelangt. Kehrtwendung, an der Kinderzimmertür vorbei.
Noch etwas, dessen Anblick ich gerne vermeiden möchte. Und doch nicht kann.
Ich wende hastig den Kopf ab. Und sehe dem Boxer genau in die Augen.
„Schmuck, Geld. Das Übliche", brummt er.
„Bei mir? Ausgerechnet bei mir?"
Der Boxer hat seine Hausaufgaben nicht gemacht. Sonst wüsste er, dass die berühmte Kinderbuchautorin Maximiliane Winter pleite ist. Verdammt, er hätte nur mal bei 'Wikifuckingpedia' nachgucken brauchen. Da steht alles drin. Der Erfolg über Nacht, der Vergleich mit den Heribert Otter Büchern, der Ausbruch meiner Krankheit, der Tod meines Mannes. Der Absturz. Garniert mit ein paar bunten Fotos und hämischen Kritikerkommentaren. Am schlimmsten finde ich das Bild von mir am Potsdamer Platz, wo ich in Decken eingehüllt von der Polizei abgeführt werde. Mein seliges Lächeln.
Der Boxer räuspert sich, legt seine Gründe dar.
„Gute Nachbarschaft. Reich. Schickes Villenviertel. Ein schönes Haus ohne Alarmanlage."
„Richtig, das hier ist Wannsee. So sieht es hier nun mal aus. Aber ist Ihnen nicht aufgefallen, dass jedes andere Haus größer und schöner ist als meines? Dass jeder andere Garten besser gepflegt ist und in jeder anderen Garage ein protzigeres Auto steht? Dass ich vielleicht deshalb keine Alarmanlage habe, weil es bei mir nichts zu klauen gibt?"
Wir sind wieder in der Küche gelandet. Ich werde auf dem gleichen Küchenstuhl platziert wie vorher. Einen Moment lang ruht seine linke Hand warm auf meiner Schulter.

„Just an idea."
Ein Einbrecher, der seiner Eingebung folgt? Und anstelle der erhofften Reichtümer eine halbtote Frau findet? Irre komisch. Ich hätte gerne sein Gesicht gesehen. Und diese Geschichte aufgeschrieben...
„Tragen Sie bei ihren Einbrüchen immer Krawatte und Hemd?" will ich wissen.
Er löffelt Kaffee in die Filtertüte.
„Das ist mein guter Anzug. Ich wollte eigentlich heute nach Hause fahren. Haben nur ein bisschen Kleingeld für den Rückflug gebraucht. Dachte, es wäre ein Kinderspiel."
Er hat sich also schön gemacht für zu Hause. Sicherlich wartet dort jemand auf ihn. Eine Frau, Kinder? Erwachsene Kinder, wenn überhaupt. Den Lachfältchen nach zu urteilen, die seine Augenwinkel umspielen, ist auch er nicht mehr der Jüngste.
„Ich sollte die Polizei holen."
Ich weiß nicht, warum ich das gesagt habe. Es scheint, als ob dies die richtige Vorgehensweise wäre. Das empfohlene Verhalten bei Einbruch. Ruhe bewahren. 110 wählen. Warten, bis Hilfe kommt.
Aber komischerweise will ich keine Hilfe. Auch wenn er mich geschlagen und daran gehindert hat, endlich den Absprung zu machen. Der Boxer wirft einen kurzen Blick in meine Richtung.
„Warum tun Sie es nicht?"
„Wer weiß, vielleicht prügeln Sie mir dann das Hirn raus?"
Da. Gerade ist er zusammengezuckt. Ich habe es genau gesehen.
„Ich sagte bereits, ich schlage keine Frauen. Normalerweise nicht. Es tut mir leid."

Seine Stimme wird tiefer, wenn er wütend ist. Interessant. Ich betaste meine geschwollene linke Wange. Er presst seine Lippen aufeinander. Nimmt mein kleines Küchenhandtuch, hält es unter den Kaltwasserhahn, wringt es aus. Faltet es ordentlich zusammen, kommt herüber zum Küchentisch, legt das kühle Päckchen in meine linke Hand und drückte es auf meine Wange. Der Schmerz wird eisgekühlt und schweigt.
„Keine Polizei. Ich gehe nicht wieder in den Knast", stellt er fest.
War das Licht in der Küche schon immer so grell? Hat es sich im Spülbecken gefangen, ist es abgeprallt an der glänzenden Oberfläche der Waschmaschine, nur, um in meine Augen zu stechen?
Fast so schlimm wie die Neonröhren im Krankenhaus auf Station eins. Da hat auch das Wölkchen nicht geholfen, das sie mir auf die Zunge gelegt haben. „Zur Beruhigung", sagte die Schwester. Die kleine weiße Pille schmolz dahin wie eine Schneeflocke auf der glühenden Herdplatte.
Ich wurde müde, aber nicht ruhig. Wie konnte ich auch ruhig sein, wenn in einem der Zimmer unablässig eine Frau schrie. Im Flur stand ein großer Mann mit breiten Schultern und fettigen Haaren, der immer wieder seinen Hinterkopf an die Wand donnerte. Ein mattes, breiiges Geräusch, das mich in meinem Krankenhausbett bis in den chemischen Schlaf hinein verfolgte.
Psychiatrie, dich vergess' ich nie.
Der Boxer sieht mich an. Ruhig, abwartend.
Was, wenn ich jetzt tatsächlich 110 wählen würde? Gesetz den Fall, ich wäre dazu imstande. Gesetz den Fall, er würde mich ans Telefon lassen. Sie würden kommen, irgendwann.

Den Einbrecher verhaften und die Suizidgefährdete umgehend einliefern.
Nie wieder gehe ich da rein. Nie wieder.
„Ich gehe nicht wieder in die Klapse. Also gut, keine Polizei."
Er nickt, das Wort „Klapse" löst keine erkennbare Reaktion aus.
Hätte ich 'I already flew over the cuckoo's nest once' sagen sollen? Warum tue ich es nicht?
Der Boxer ist schon wieder mit der Kaffeemaschine beschäftigt. Ein knallrotes, altmodisches Teil aus Plastik, für das man einen Filter und Filtertüten braucht. Ich mag das neumodische Zeug nicht, hochglänzende Maschinen, in die man ein kleines Plastiktöpfchen schiebt. Produziert zu viel Abfall.
Meine Kaffeemaschine spuckt und blubbert und wenn das Wasser anfängt, durchzulaufen, verbreitet sich ein bitterer aromatischer Duft überall. Das erinnert mich an zu Hause. An die Küche meiner Eltern. Lange Sonntagsfrühstücke, reden und lachen. Kind sein, geborgen sein. Die Welt war noch da draußen und hatte mich nicht im Würgegriff. Ich war gesund, mutig und voller Pläne. Beschützt und behütet. Konnte nachts problemlos schlafen.
„Nicht einschlafen. Stehen Sie auf, los."
Mein Kopf, der auf die Tischplatte gesunken ist, schnellt wieder hoch. Lass mich doch in Ruhe. Lass mich schlafen. Aber der Puppenspieler ist unerbittlich. Er zieht mich hoch, legt seinen Arm um meine Taille.
Dann paradiert er sein Püppchen den Flur hinauf und hinunter. Manchmal, wenn meine Füße nicht mehr mitmachen wollen, schleift er mich einfach weiter.
Warum, frage ich mich, warum und ich sage es laut:

„Warum machen Sie das zum Teufel? Warum lassen Sie mich nicht einfach in Ruhe und verschwinden?"
Er schwitzt, zieht, schiebt und schweigt. Wieder durch das Wohnzimmer. Unter seinen Füßen knirscht das leere Schlaftablettenröllchen. Ich fühle, wie bei dem Geräusch ein kleiner Ruck durch seinen Körper geht.
Wir drehen um, das heißt, er drehte mich um, und wir marschieren wieder aus dem Wohnzimmer hinaus. Meine Seite schmerzt. Da, wo er seine Pranke auf meine Hüften gelegt hat, um mich besser steuern zu können. Den Flur hinauf, den Flur hinunter. In die Küche. Der Schlaf zieht sich zurück. Die Realität ist hässlich, hat spitze Zähne und beißt. Der Boxer hat noch ein schmutziges Taschentuch für mich. Hab gar nicht gemerkt, dass ich weine. Er räuspert sich schon wieder.
„My mother. When I was twelve. Ich bin von der Schule nach Hause gekommen und sie lag noch im Bett. Das hat sie öfter getan. Manchmal war sie einfach zu besoffen zum Aufstehen. Also habe ich mir selbst ein Sandwich gemacht und ihre Rufe ignoriert. Sie hat immer gewollt, dass ich ihr noch mehr Suff besorge. Doch an diesem Tag wollte ich einfach nicht. Ich habe ferngesehen, den ganzen Nachmittag lang. Bis zum Abend. Dann hatte ich Hunger. Ging nachsehen, ob sie nüchtern genug war, um etwas zum Abendessen zu kochen. Sie war tot."
Ich darf mich wieder an den Küchentisch setzen. Kann ihm ins Gesicht sehen, sehr kurz, als er mir dabei hilft. Kalt. Abweisend. Ein Muskel unter seinem linken Auge zuckt fast unmerklich.
Was soll ich dazu sagen? Mami hat den Absprung geschafft, weil Sohnemann lieber fernsieht? Natürlich war es nicht seine Schuld. Wenn Mami es wirklich wollte,

dann hätte sie es ohnehin geschafft. Irgendwann, früher oder später. Mit oder ohne Sohnemann. Was mich darauf bringt, dass ich mir etwas Neues ausdenken muss. Das dauert, bis ich wieder mein letztes bisschen Mut zusammengekratzt habe. Allein der Gedanke daran, noch eine Runde auf dem Karussell drehen zu müssen, raubt mir jede Energie.
„Ich bin nicht Ihre Mutter."
„Obviously not."
Schon wieder Kaffee. Er beschäftigt sich in meiner Küche, als würde es irgendeinen Sinn machen. Als würde jeder Handgriff, den er tut, Ordnung in etwas bringen, das viel zu groß, wild und furchtbar ist, als das es je geordnet werden könnte. Ich bin so nüchtern, dass es wehtut. Der Schlaf kommt wieder, doch diesmal ist die Müdigkeit eine andere. Sie schleicht nicht auf Samtpfoten daher und möchte mich für immer in eine warme Decke hüllen. Nein, diesmal steckt sie in meinem Körper, in Knochen, Fleisch und Sehnen. Ausruhen bitte, sagt mein Fleisch. Es ist genug für heute. Ja. Es ist genug.
„Ich gehe jetzt ins Bett und Sie verschwinden."
Ich schiebe meinen Stuhl zurück, klammere mich am Küchentisch fest und versuche, hochzukommen. Geht nicht. Ich falle auf den Küchenstuhl zurück. Geschlagen. Er kommt zu mir herüber, beugt sich über mich und sieht mir in die Augen. Studiert mein Gesicht, als suche er dort eine Antwort auf die Frage, die sich ein zwölfjähriger Junge gestellt hat. Dann blickt er hinaus aus dem Küchenfenster. Siehe da, die Dunkelheit ist einer kalten, eisengrauen Morgendämmerung gewichen.
„All right. Wo ist das Schlafzimmer?"
„Im ersten Stock. Die Treppe hoch und dann links."

Wieder treten die Hände in Aktion. Mein Arm um seine Schulter, seine Hand auf meiner Hüfte. Ich versuche, ein bisschen zu helfen, aber am Ende schleppt er mich doch fast allein die Treppe hoch. Er keucht und schnauft. Muskeln arbeiten unter seiner warmen Haut. Er ist nicht mehr der Jüngste und ich bin nicht die Schlankste. Noch nie gewesen.
„Wo ist das Badezimmer?"
Wir haben es bis nach oben geschafft. Ich will ins Bett, und er auf's Klo?
„Gleich hier, vor uns. Aber..."
Er öffnet die angelehnte Tür mit dem Fuß, schleift mich hinein und setzt mich auf den Klodeckel. Sieht sich suchend um. Nimmt ein Handtuch, legt es mir auf den Schoß. Beugt sich über mich, zieht an meinem T-Shirt.
„Oh nein."
Ich kreuze die Hände vor der Brust. Kommt gar nicht infrage.
„Sie haben überall Blut."
Zögernd hebe ich die Arme, weiß selbst nicht, wieso. Vielleicht, weil er so ruhig und sachlich ist. Er zieht mir das T-Shirt über den Kopf und schmeißt es achtlos in die Badewanne. Dann nimmt er einen Waschlappen, hält ihn kurz unter den Wasserhahn und schließlich kniet er sich vor mich hin.
„Geben Sie mir Ihren Arm."
Ruhig und methodisch streicht er mit dem lauwarmen Lappen über meine Haut, reibt hier und da ein bisschen stärker, wringt den Lappen aus. Es läuft zartrosa ins Becken, er setzt seine Arbeit fort.
Ich habe tatsächlich einiges abbekommen. Auf dem Bauch, auf dem anderen Arm. Der Rest ist wohl im Teppich versickert.

Wenn er arbeitet, ist er ganz bei der Sache. Nichts auf der Welt ist ihm in diesem Moment wichtiger, als dieses Blut von meiner Haut zu bekommen. Selbst mein Busen, der ihm jetzt, samt spitzenbesetztem BH, so dicht vor der Nase schwebt, ist ihm nur einen flüchtigen Blick wert. Es gibt Wichtigeres zu tun. Er ist ein Techniker, der ein Problem löst. Ich schließe die Augen, das Licht im Badezimmer kneift. Lasse mich behandeln. Werde abgewischt und trocken getupft. Wieder ein kleines Kind, schon zum zweiten Mal in dieser beschissenen Nacht. Der Plastikdeckel knarrt unter meinem Hintern. Ich bekomme mein Nachthemd übergestülpt. Das hängt immer hier im Bad am Haken hinter der Tür. Ein rotes Snoopy T-Shirt. Ich liebe Snoopy. Hier sitzt er auf seiner Hundehütte und schreibt: 'Es war eine finstere und stürmische Nacht'. Snoopy ist ein großer Schriftsteller. Im Gegensatz zu mir.

Snoopy und ich werden ins Schlafzimmer verfrachtet. Mein gusseisernes Bettgestell, mein Himmelbett mitten im Raum. Ich lasse mich in die Kissen sinken wie eine Schiffbrüchige, die ihre rettende Insel erreicht hat. Werde zugedeckt, eingehüllt. Blinzele kurz. Da steht er, dieser Kerl, Einbrecher, Boxer, breitbeinig, die Arme vor dem ausladenden Brustkorb verschränkt. Ein letzter, prüfender Blick des Technikers. Reparatur gelungen? Worauf wartet er noch, er soll abhauen.

„Verpiss dich."

Der Boxer verdreht den Blick hilfesuchend zum Baldachin meines Himmelbettes. Als ob er Unterstützung von oben bräuchte. Ich würde ihm ja das Geheimnis verraten: Da oben ist nichts. Keine Rettung, keine Hoffnung. Brauchste gar nicht drauf warten. Kommt eh nix. Aber irgendjemand knipst meinen Schalter aus.

2.

„Es gibt keinen anderen Teufel als den, den wir in unserem eigenen Herzen haben."
Hans Christian Andersen

Matthew schnarcht. Ein unerträglich lautes, feucht schlürfendes Geräusch. Ich lange hinüber zu seiner Seite des Bettes. Will ihn an der Schulter rütteln. Er soll sich umdrehen. Matthew schnarcht nur dann, wenn er auf dem Rücken liegt. Auf der Seite ist es besser.
Meine Hand greift die kalten Leinentücher des Grabes. Matthew ist tot. Er ist seit fünf Jahren tot, und dass ich eine Gänsehaut bekomme, liegt sicherlich nicht an dem kalten Stoff, den ich gerade berührt habe, sondern daran, dass meine Bettdecke auf dem Fußboden liegt.
Das Schnarchen setzt aus. Ein stotternder Motor, abgewürgt und wieder angelassen. Würde er das tun, würde er mich heimsuchen? Als schnarchendes Gespenst? Das würde zur Jahreszeit passen.
In wenigen Tagen ist der 31. Oktober. Halloween. Die Zeit des Jahres, in der angeblich die Tür zwischen Diesseits und Jenseits offensteht. Ich glaube nicht an Gespenster. Doch ich würde gerne an eine offenstehende Tür ins Jenseits glauben. Das würde mir vieles erleichtern.
Ich drehe mich um, in meinem halbleeren Bett. Stoße mein Handgelenk an der Bettkante. Der plötzliche Schmerz vertreibt den Gespensternebel in meinem Hirn. Ich reiße die Augen auf. Sehe das blutverkrustete Taschentuch um mein Handgelenk und einen fremden Mann in meinem Lesesessel. Bartstoppeln, halboffener Mund, es glänzt feucht in den Mundwinkeln. Wünsche mir stattdessen lieber ein Gespenst im Bett zu haben.

Guten Morgen, Maxi. Da hast du dir ja was Nettes angelacht.
Janus sitzt am Fußende meines Bettes und grinst. Wahrscheinlich glaubt er, dass es jetzt alles wieder von vorne losgeht. Ich schüttele den Kopf. Vorsichtig. Denn meine Kopfschmerzen sind exquisit.
Ich hatte gehofft, dich nie wieder sehen zu müssen.
Es gab eine Zeit, da konntest du ohne mich gar nicht auskommen.
Es gab eine Zeit, da hast du dich da herumgetrieben, wo du hingehörst. In meinen Büchern.
Janus zuckt mit den Schultern. Das kann er sehr elegant. Er trägt enge Jeans und eine schwarze Lederjacke.
Und nun?
Ich muss ihm diese Hoffnung aus dem Gesicht wischen. Unerträglich.
Schwaches Oktobersonnenlicht dringt durch meine verschmutzten Fensterscheiben. Der Wind hat ein braunes Blatt von außen daran geklebt. Eine irre Idee schiebt ihren Arsch in mein Blickfeld. Halloween? Warum nicht. Wenn die verfickten Türen zwischen den Welten offenstehen, habe ich es vielleicht ein bisschen leichter. Und vorher kann ich noch einüben, wenn ich es gar nicht mehr aushalte...
Janus seufzt leise und sieht aus dem Fenster.
Ich richte mich langsam auf. Das Zimmer fängt an zu tanzen, kreiselt um mich herum, die Kommode tanzt eine irre Tarantella. Ich schließe die Augen und versuchen, nur zu atmen.
Es geht schon. Es wird schon. Alles in Ordnung. Alles wird gut.
Das ist mein Mantra, vorbei an dem schlafenden Mann, auf dem Weg zur Toilette. Aspirin im Badezimmerschrank, das ist alles, woran ich denken kann. Der Boxer

schnarcht in Moll. Warum ist der noch hier? Was will er hier? Was will er von mir?
Alles wird gut. Alles wird gut. Kalte Fliesen, ich möchte mich hinlegen und meine Stirn darauf drücken. Die Frau im Spiegel, die gerade noch geglaubt hat, ein Gespenst zu sehen, ist selbst eins. Kalt und bleich das Gesicht, Augenringe wie ein Pandabär. Das ist brillant. Ich bin nicht nur ein Versager auf der ganzen Linie, eine erfolglose Selbstmörderin, eine Schriftstellerin, die nicht mehr schreiben kann. Sondern ich bin auch noch hässlich. Abgrundtief hässlich. Nichts wird gut. Ich verabscheue mein Gesicht im Spiegel. Ich möchte es auslöschen, wegradieren. Das geht doch auch mit der Faust, oder? So dick kann doch dieses Spiegelglas nicht sein. Mir wird erst bewusst, dass ich schon zum Schlag ausgeholt habe, als mein Arm auf halbem Wege festgehalten wird.
"Bloody hell, woman, you are a fulltime job."
Eben hat er noch geschnarcht, nun ist er plötzlich hier. Noch ein Gespenst. Doch dieses ist real. Hat warme Hände und Finger, die sich um meinen Arm schließen wie Handschellen. Unsere Gesichter im Spiegel, schwarz weiß: Strichmännchen. Harte Linien und Kanten. Er sieht nicht viel besser aus als ich. Riecht nach tagelang getragenen Socken und altem Kaffeesatz. Ein kleiner Trost. Ich entspanne meinen Arm. Er wartet einen Moment, dann lässt er los und schüttelt seinen Kopf. Stemmt die Hände in die Hüften.
„Ich warte, bis Sie fertig sind", sagt er.
Spinnt der Kerl? Soll ich hier vor ihm pinkeln?
Du hast immerhin vor ihm gekotzt und geblutet.
Nicht auch noch Janus. Das ist zu viel.
„Raus, weg! Verschwindet, alle beide!"

Meine Stimme bricht sich an den eitergelben Fliesen. Der Boxer guckt sich verwirrt um, sieht niemanden. Janus lächelt, wie nur ein Mann lächelt, der gerade Miss World abgeschleppt hat. Doch sie gehen. Alle beide.

Ich werfe drei Aspirin ein und schaffe es unter die Dusche. Lasse lauwarmes Wasser auf mich herabregnen und benutze die halbe Flasche Erdbeerduschgel. Wasche mir damit die Haare, schäume mich von oben bis unten ein. So lange, bis ich nach künstlicher Erdbeere rieche wie ein chemisch aufgemotzter Joghurt. Macht nichts. Alles ist besser als dieser Gestank nach Verwesung, nach süßlich faulendem Fleisch, den ich in meiner Nase habe. Ich begutachte meine Wunde. Nicht besonders lang und nicht besonders tief. Kein Wunder, das es nicht funktioniert hat. Ich bin eben doch ein Feigling. Noch nicht einmal dazu zu gebrauchen. Zumindest kann ich mich selbst abtrocknen. Tappe über den Flur zurück, abgezogene Holzdielen, die Dritte neben der Treppe knarrt leise.
Er ist nicht mehr im Schlafzimmer. Janus auch nicht. Noch ein Fortschritt. Ich öffne meinen Kleiderschrank. Aus dem Lavendelbeutel flüchtet eine kleine Motte erschreckt tiefer ins Dunkel hinein. Beim Anblick der Hosen, Hemden, Kleider, Röcke, übereinander auf Bügeln hängend oder einfach hineingestopft, möchte ich kreischen. So laut und so ohrenbetäubend, dass es noch in Australien den Kängurus die Beutel umstülpt.
Ausziehen, waschen, schlafen, anziehen, was tun, essen, scheißen, ausziehen, waschen, schlafen, anziehen, waschen, was tun, der immer gleiche Kreislauf des Vergeblichen, des Unnützen, oh, mein Gott, ich möchte tot sein.

Das ist nur der Kleiderschrank, Maxi. Wie wäre es mit der Überraschungsmethode?
Janus. Lange hat sie nicht gedauert, meine Ruhephase.
Schließ einfach die Augen und greif zu.
Das ist bestechend in seiner Einfachheit. Ich tue es. Taste nach einer Hose, grobem Baumwollstoff und einer Bluse, das Material leicht und seidig auf meiner Haut. Ziehe beides aus dem Dunkel ins Licht.
Geschmackssicher mit geschlossenen Augen.
Ich habe meine Beute auf's Bett gelegt. Eine schwarze Jeans und eine dunkelrote Seidenbluse. Muss Janus nicht verraten, dass ich sie schon vorher ins Auge gefasst habe. Aber immerhin, mit geschlossenen Augen gefunden.
Unten, in der Küche, das Geräusch von Porzellan auf Terrakotta-Fliesen. Bruch. Mein Herz übt Seilspringen.
Ja, er ist immer noch da.
Nicht mehr lange. Ich ziehe Turnschuhe an und nehme die Treppe in Angriff.
Auf der vierten Stufe nach unten muss ich mich setzen. Keine Kraft mehr.
Er kommt aus der Küche, trocknet die Kaffeekanne ab. Sieht aus, als würde er hierher gehören. Guckt herauf zu mir, fragend.
„Ist ein langer Weg nach unten", sage ich.
„Ich weiß", sagt er.
„Ich komme gleich und dann sind Sie weg. Kapiert? Gone with the wind!"
Er prüft die Kanne auf Schlieren.
„Die Treppe runtertragen kann ich Sie nicht, Miss Scarlett. Ich hab's im Rücken."
Was glaubt er, wer er ist? Rhett Butler?
„Ich schaffe das alleine, vielen Dank."

Dann zieht er die Nase kraus, schnüffelt in der Luft herum.
„What's that smell? Like fire in a candy store?"
Er verschwindet wieder in der Küche.
Ich schnuppere kurz an meinem rechten Arm. Das nächste Mal suche ich mir ein anderes Duschgel aus.
Ich ziehe mich hoch und kralle mich am Treppengeländer fest. Abwärts. Immer schön langsam. Alles wird gut. Schritt für Schritt erreiche ich die offene Küchentür. Lehne mich an den Türrahmen, um zu atmen.
Er hat den Tisch gedeckt. Mit meinem guten Porzellan, das mit den blass-blauen Blütengirlanden. Ich habe es von meiner Mutter geerbt.
Plötzlich hallt das Scheppern von Porzellan in meinen Ohren wider, ein fernes Echo. Ich arbeite mich vorwärts in die Küche hinein und zum Mülleimer. Beuge mich darüber, öffne den Deckel. Die Zuckerdose. Sauber in drei Teile zerbrochen. Ich greife hinein und berge den kleinen Leichnam.
„Careful. Sie könnten sich daran verletzen!"
Da ist er wieder, der tumbe Klotz. Will mir die Scherben wegnehmen. Nein.
„Das ist von meiner Mutter. Das Einzige, was mir von ihr geblieben ist", sage ich.
Er schweigt. In der Spüle läuft das Wasser.
„I am sorry. Ich kaufe Ihnen eine Neue."
Ich schüttele den Kopf. Dahin. Unwiderruflich.
„Gibt's nicht mehr. Die Serie ist ausgelaufen."
Seine Pranke nähert sich meiner geschlossenen Hand, stupst sie vorsichtig an.
„Ich kann es kleben."
Der Techniker. Immer sucht er was zum Reparieren und wenn er es vorher selbst kaputtgemacht hat.

Ich lasse es zu, das er meine Finger öffnet und mir die Leichenteile wegnimmt. Fahre mir mit dem Ärmel meiner Seidenbluse über die Augen. Lächerlich. Wegen einer Zuckerdose heulen. Er begleitet mich zum Küchentisch und zieht den Stuhl für mich vor. Wie im Restaurant. Wo ist die Karte? Wo ist der 'Gruß aus der Küche'?
Er kommt mit einem Topf, taucht eine große Kelle ein und löffelt eine dampfende, rotgelbe Masse auf meinen Teller.
„Ravioli zum Frühstück?"
„Erstens ist es kurz nach drei. Und zweitens not my fault. Die Regale sind leer, und im Kühlschrank lebt ein grünes Moos. Do you never go shopping?"
Nicht, wenn ich vorhabe, den Abflug zu machen. Na gut, sonst auch nicht. Ich kann nicht kochen, konnte ich noch nie. Ernähre mich von Pizza und Fertiggerichten. Und von Schokolade und Shiraz.
„You must eat."
Ja, das muss ich wohl. Hungern war noch nie meine Stärke. Verhungern: ein zu grausamer Tod. Besser, ich fresse mir Energie an. Die werde ich brauchen für den nächsten Anlauf.
Ich tauche meinen Löffel in die Masse, führe ihn vorsichtig zum Mund, koste. Warm, weich, tomatenwürzig. Und plötzlich reißt ein hungriger Bär den Rachen auf und ist erst zufrieden, als die zweite Portion ebenfalls in seinem Maul verschwunden ist. Ich schiebe meinen blutrot befleckten Teller zur Seite und fühle mich zum ersten Mal seit Tagen wieder halbwegs menschlich. Sind Ravioli gut gegen Selbstmord? Mit dieser Entdeckung könnte ich einen Haufen Kohle machen. Genug, um meine Schulden zu bezahlen?

Er hat sich zu mir an den Tisch gesetzt, trinkt Kaffee. Schwarz und stark, ich kann es riechen.
„Essen Sie nichts?"
Er schüttelt den Kopf.
„Scheiß Büchsenfraß. Hatte ich jeden Tag im Knast. Ich will was Anständiges", sagt er.
So, der Herr ist also wählerisch?
„Anständig gibt's bei mir nicht. In keiner Hinsicht. Also gehen Sie jetzt besser."
Unter seinem blauen T-Shirt bewegt sich der Brustkorb, spielen die Muskeln. Er ist gut in Form für sein Alter. Gewichtheben hinter Gittern? Na egal, wen interessiert das schon...
„Danke für nichts und leben Sie wohl", sage ich nachdrücklich.
Er nickt langsam. Na endlich.
„Kann ich noch jemanden für Sie anrufen? Sie sollten nicht allein sein."
Warum hat er das gesagt? Warum hat er schon wieder den Deckel gehoben zu einer Grube voller Würmer? Jemanden anrufen. Wen?
Ida würde sich freuen. Ich rufe meine Agentin an und teile ihr mit, dass ich mit Teil drei immer noch nicht weitergekommen bin. Dass ich lieber versuche, mein eigenes Lebenslicht auszublasen, als erfundenen Charakteren eins einzuhauchen. Dass die deutsche Antwort auf Jennifer Rahling kläglich versagt hat.
Wen noch? Matthew? Kein Telefon im Grab.
Obwohl die Viktorianer sich Klingelzüge haben einbauen lassen. Für den Fall, dass man lebendig begraben wird. Auch kein schöner Tod.
In der Finsternis liegen und sich die Fingernägel zu blutigen Stümpfen kratzen.

Höre ich dein Glöckchen läuten, Matthew? Nein, ich glaube kaum. Es war nicht mehr genug von dir übrig, als das ein Teil davon noch hätte klingeln können.
Der Boxer sitzt immer noch da mit diesem erwartungsvollen Gesichtsausdruck. Als glaube er wirklich, ich würde gleich ein paar Telefonnummern ausspucken. Familie, Freunde, Bekannte. Alle kommen sie, sofort, auf der Stelle. Mit selbstgebackenem Kuchen und gutgemeinten Ratschlägen. Sie machen sich in meinem Haus breit, putzen, kochen, bringen mein Leben in Ordnung. Denn was tut man nicht alles für seine Freunde, seine Freundinnen? Ich weiß, was man nicht für sie tut. Ihre Ehemänner vögeln.
Ob von meinem Shiraz noch eine Flasche übrig ist?
„Kaffee?"
Nein. Rotwein. Doch. Kaffee. Egal. Wenigstens warm und so bitter wie mein totes Herz. Ich akzeptiere den Becher und habe das Gefühl, damit noch viel mehr zu akzeptieren. Er setzt sich wieder hin. Sieht aus dem Küchenfenster und lässt mich sein kantiges Profil betrachten. Zum ersten Mal bei Tageslicht. Einbrecher, Boxer, Selbstmörderinnenretter.
Ich schätze ihn auf Mitte fünfzig. Gesichtsausdruck immer ein bisschen überheblich, ein bisschen arrogant. Als wüsste er mehr als ich über das Leben und hielte meinen Versuch, dasselbe zu beenden, für weibliche Torheit. Denn welche Gründe könnte ich schon haben? Gute Gründe?
„Wie heißen Sie?"
„Grant Buchanan."
Grant. Granit. Ein Name wie Beton. Stur und unverrückbar. Kann man höchstens noch sprengen.
„Ich bin Maximiliane Winter."

„Steht draußen an der Klingel."
Immerhin, da hat er nachgesehen, soweit hat er sich informiert. Jetzt will ich informiert werden.
„Sie waren im Knast?"
„Acht Jahre. Bin gestern Morgen raus."
Acht lange Jahre in einer kleinen Zelle. Die Stimme bleibt ruhig, gleichmäßig. Als würde er vor dem Kleintierzüchterverein eine Rede halten. Nur die Pranken arbeiten. Drehen den Kaffeebecher von links nach rechts. Von rechts nach links. Ein einzelner Tropfen landet auf dem hölzernen Küchentisch.
„Gestern Morgen entlassen? Aus welchem Knast?"
„Hier in Berlin. JVA Tegel. Und bevor Sie weiterfragen: Ich habe eine deutsche Mutter und mein Vater ist Engländer. Die Polizei hat mich in Berlin geschnappt, weil ich einem Freund einen Gefallen getan habe."
Natürlich frage ich weiter. Jetzt will ich alles wissen.
„Welche Sorte von Gefallen bringen einem acht Jahre im Bau ein?"
„Drogenschmuggel."
Autsch! Aber nein, warte. Was für eine Gelegenheit.
„Welche Sorte von Drogen? Cannabis, Crack, Heroin?"
Hat er davon noch was versteckt, oder weiß er, wie man da rankommt? Wie ist es, an einer Überdosis Heroin zu sterben? Wie ein schöner, ein phantastischer Traum vom Himmel? Oder wie ein blutiger Albtraum: die Hölle nach Hieronymus Bosch?
Kann ich mich totkiffen?
Er sieht auf meine Stirn, als könne er die Gedanken dahinter lesen, die wie Nachrichtenbänder vorbeiziehen. Newsflash: Selbsttötungsindex auf 6,5 Punkte gestiegen. Kaufen Sie Aktien, jetzt. Grant hebt die linke Augenbraue und nur diese. Ich wette, er hat das vor dem Spie-

gel geübt. Wie drücke ich Herablassung und Verachtung mit rund hundert borstigen Härchen aus.
„Ja", sagt er.
„Haben Sie..."
„Nein."
Also gut, keine Drogen. Er hat nichts dabei. Wäre auch zu schön gewesen. Aber er ist gerade aus dem Knast gekommen, er will nie wieder dahin zurück. Acht Jahre sind genug. Er will sauber bleiben. Mit seinen Drogendeals hat er nichts mehr am Hut. Ein braver Bürger fortan und immerdar. Oder?
„Warum sind Sie gestern Nacht bei mir eingestiegen, am selben Tag, an dem man Sie entlassen hat?"
Grant fällt plötzlich auf, dass er gekleckert hat. Er wischt mit dem behaarten Handrücken über die winzige braune Pfütze, immer und immer wieder.
„Ich will ein Restaurant aufmachen, aber mein Kumpel, der mir noch Geld schuldet, hat mich hängen lassen. Ich bin pleite. Hab nicht mal mehr die Kohle für den Flug."
Wie bitte, ein kochender, englischer Ex-Knacki?
Sonst noch was? Ich kann mir meinen Kommentar nicht verkneifen:
„Ein Restaurant mit Crack-Küche?"
Kann eigentlich nur besser sein als die englische Küche. Da wird eh nur alles frittiert, sogar die Schokoriegel.
„Shit. Lady, you have no idea."
Sein Tonfall rutscht tiefer, seine Hände öffnen und schließen sich. Zum ersten Mal erscheinen Risse in der Fassade, bröckelt der Putz.
Er will das wirklich. Ich habe mich soeben über seinen größten Wunsch lustig gemacht. Hoffentlich beschränken sich seine Küchenkenntnisse nicht nur auf das Öffnen und Erwärmen von Ravioli aus der Büchse.

„Aber warum hier? Warum ich?" will ich wissen.
Die Pfütze ist verschwunden.
Grant poliert jetzt mit dem Daumen auf dem Tisch herum.
Er wird sich noch einen Splitter einreißen.
„Ein Typ im Knast, der hatte einen alten Zeitungsartikel. Über die reichsten Deutschen. Da war auch von Ihnen die Rede. Weil sie Kinderbücher schreiben, die so viel Kohle bringen wie dieser Heribert Otter Kram."
Ein alter Zeitungsartikel. Wahrscheinlich schon vergilbt und an den Rändern eingerissen. Ich habe schon lange kein Geld mehr. Das geht ziemlich schnell flöten, wenn man an einem Tag vier Einbauküchen und am nächsten Tag drei Autos kauft. Hielt ich damals für eine blendende Idee. Matthew nicht. Warum habe ich nur so verdammt lange gebraucht, um herauszufinden, dass ich verrückt bin?
Grant hat es geschafft, ein kleines Loch in den Holztisch zu bohren. Beim bloßen Gedanken an so etwas kann ich meine Fingernägel bereits splittern hören.
Ich stelle mir vor, wie er da steht, draußen, vor dem Tor. In seinem besten Anzug mit den goldenen Zuhältermanschettenknöpfen. Hinter ihm schließt sich die Tür zu acht Jahren Zellendasein. Vor ihm: nichts. Kein Kumpel. Kein Geld. Also fällt ihm der Zeitungsartikel wieder ein, also fährt er nach Wannsee, also findet er mein Haus, also bricht er ein.
Etwas stimmt nicht an diesem Bild, doch mein meschuggenes Hirn kann den Fehler nicht finden. Wo ist die kleine Maus versteckt? Wo ist die stinkende tote Ratte? Ich habe Suchbildrätsel noch nie leiden können. Doch ich finde immer und überall den Versager heraus. Das ist eine Art eingebauter Radar bei mir. Auf meinem

Bildschirm blinkt zuverlässig ein roter Punkt, sobald sich ein trauriger Vertreter dieser Spezies auch nur im Umkreis von 100 m befindet. Es liegt an der gleichen Wellenlänge. Alle Unfähigen, alle Blindgänger, alle Gescheiterten erkennen einander.
Die meisten wollen es nur nicht wahrhaben.
„I'm off."
Grant schiebt den Küchenstuhl zurück, steht auf. Ich sehe erst jetzt, dass er seine Tasche bereits neben die Küchentür gestellt hat.
„Wo wollen Sie hin?"
„Home. Back to England."
Na endlich. Doch warum bin ich plötzlich so unruhig? Und warum kann ich mir diese Frage nicht verkneifen:
„Ohne Geld?"
Er zuckt mit den Achseln.
„Vorher finde ich noch ein Haus, bei dem es sich lohnt."
Er will es also noch mal versuchen? In meiner Nachbarschaft? Ich denke an den Rechtsanwalt. Der hat sich gerade erst vor ein paar Wochen eine neue Alarmanlage einbauen lassen. 'State of the Art'. Fehlt nur noch die Selbstschussanlage und ich war erstaunt, dass er sich die nicht auch noch geleistet hat. Ein paar Häuser weiter gibt es Hunde. Die Rottweiler Klaus und Dieter. Hochgezüchtete Tötungsmaschinen, von einem stolzen, fetten, kleinen Bankier auf Spaziergängen nur mühsam an der Leine gehalten.
Ich schüttele den Kopf.
„Keine gute Idee. Sie sind ein bisschen aus der Übung."
Seine Hände öffnen und schließen sich, schon wieder. Aderstränge treten hervor. Er ballt die Linke zur Faust. Ich kann ihn ganz gut aufregen...

„Did you hear me come in?"
Nein, ich habe nicht gehört, wie er hereingekommen ist.
„Ich war zu diesem Zeitpunkt bereits auf dem Weg ins Nirwana, wie Sie sich erinnern werden. Meine Ohren ebenfalls."
„I should have fucking left you where I found you."
„Ja, das hätten Sie tun sollen. Aber Sie haben es nicht getan, und nun müssen wir beide mit den Konsequenzen leben."
Er bückt sich, greift nach seiner Sporttasche, schultert sie.
„Have a nice death."
Das habe ich vor. So schnell es geht. Und trotzdem...
„Grant?"
Er steht in der Tür. Abwartend, misstrauisch.
„Haben Sie auch schon mal gearbeitet? Ich meine, so richtig gearbeitet. Kein Drogenschmuggel oder was ihr in euren Gangs sonst noch so macht."
Er schließt die Augen, massiert sich mit Daumen und Zeigefinger der linken Hand die Nasenwurzel. Öffnet die Augen wieder. Stellt die Sporttasche auf den Boden. Nimmt seine rechte Hand hoch und zählt an den Fingern ab:
„Gärtner, Tellerwäscher, Koch, Fahrer, Obstverkäufer."
Mein Versagerradar blinkt wie verrückt. Was tue ich hier eigentlich? Warum lasse ich diesen Mann nicht einfach seiner Wege ziehen?
Ohne ihn hätte ich es bereits überstanden. Ich sollte ihm ein herzhaftes 'Verpiss dich' mit auf den Weg geben und Schluss.
Aber welche Frau lässt schon einen Mann gehen, der ihr den Kopf gehalten hat, während sie sich das Hirn rauskotzte? Wo will er überhaupt hin?

„So ein Flug nach London, der kostet doch nicht viel, oder?"
„Manchester. Kein großer Unterschied."
Einen Mann gehen lassen, der dich halbtot auf dem Teppich fand und der dich nicht einfach liegen ließ?
„Gut, dann also Manchester. Aber Sie brauchen ein bisschen Startgeld, wenigstens für die ersten Tage."
Er sieht sich erstaunt in der Küche um, als erwarte er, dass ich ein Vermögen in meiner Teebüchse versteckt hätte.
Schön wär's.
„Ich erwarte eine höhere Tantiemenzahlung aus Film und Fernsehrechten."
Blödsinn. Gelogen. Aber das weiß er nicht. Sein Gesichtsausdruck hellt sich auf: vom englischen November zum englischen Frühling.
Ich zähle die Tage auf dem Küchenkalender an der Wand. Vier Mal werden wir noch wach, heißa dann ist Halloween. Time to say good bye.
Da bleibt mir noch genug Zeit, mich zu verabschieden. Zeit für ein paar Besuche, Zeit, mir ein letztes Mal noch so richtig die Dröhnung zu geben.
Und da ich nicht fahre, kommt mir Grant gerade recht.
„Ich biete Ihnen einen Job an. Chauffeur, das können Sie doch. Zeitlich befristet bis zum 31. Oktober. Sie bekommen 500 €, ein Bett und was zu essen. Müssen Sie allerdings selbst kochen. Ich habe mich am Herd noch nie wohlgefühlt."
Sein Blick sucht den Kalender. Ich kann sehen, wie er rechnet und überlegt.
„Chauffeur, nicht Nanny", sagte er schließlich.
„Ich brauche keine Nanny. Aber wenn Sie hin und wieder etwas für mich mitkochen würden?"

Sein Blick streichelt liebevoll den Herd mit den Ceran Kochplatten, verweilt auf dem Küchenblock und liebkost gusseiserne Töpfe und Pfannen.
Wenn er mit genau demselben Blick jemals eine Frau ansehen würde, brächte er in drei Sekunden ihr Blut zum Überkochen.
„Deal."
Mit zwei großen Schritten hat er die Küche durchquert und streckt mir die Hand hin. Ein Geschäftsabschluss unter Gentlemen? Ich lege zögernd meine Rechte in seine große Pranke, diese wird erstaunlich rücksichtsvoll gedrückt.
„Frau Winter."
Die förmliche Anrede hat meine Krähenfüße um mindestens zwei Zentimeter vertieft.
„Maxi. Ich heiße Maxi, Grant."
Er drückt noch einmal zu, etwas fester diesmal. Ist es ein Schattenspiel, eine Täuschung, oder haben sich seine Mundwinkel tatsächlich um ein Weniges nach oben bewegt?
„Maxi."

3.
"Deep into that darkness peering, long I stood there,
wondering, fearing, doubting, dreaming dreams
no mortal ever dared to dream before."
Edgar Allan Poe

Ich habe nicht nachgedacht. Ich sag's ja, mein Hirn ist einfach noch nicht soweit. Das einzige Zimmer im Haus, das infrage kommt. Wo er schlafen kann. Hier unten im Erdgeschoss, gleich neben dem Wohnzimmer. Doch ich bekomme die verfickte Tür nicht auf. Ich will die Tür auch gar nicht aufbekommen. Ich habe sie damals zugeschlossen und den Schlüssel ins Klo gespült. Selbst Matthew hatte nichts dazu gesagt.
Mein neuer Chauffeur steht erwartungsvoll neben mir. Warum halse ich mir auch so kurz vor meinem Tod noch Personal auf? Selbstmord mit Chauffeur? Grant setzt seine Tasche ab, greift an mir vorbei zur Türklinke, drückt. Räuspert sich.
„Closed. Wo sind die Schlüssel?"
„Wer ist hier der Einbrecher? Gib mir doch mal eine kleine Probe deines Könnens."
Da ist sie wieder, die Augenbraue. Hebt sich und macht aus mir ein dummes Weib. Die Augenbraue hat recht. Ich bin ein dummes Weib. Grant hat sich hingekniet, seine Sporttasche geöffnet und ihr ein gebogenes Stück Draht entnommen. Damit stochert er nun im Schlüsselloch herum. Leise vor sich hinfluchend und immer mal wieder das Gewicht vom rechten auf's linke Knie verlagernd. Er scheint es nicht nur im Rücken zu haben. Ich trete einen Schritt zurück. Da drin hat gerade etwas geseufzt. Ich konnte es deutlich hören. Die Flurtapete in meinem Rücken ist kalt und rau. Vielleicht habe ich

Glück und er schafft es nicht. Vielleicht hätte ich ihm von Anfang an das Sofa im Wohnzimmer anbieten sollen. Vielleicht hätte ich mir lieber auf die Zunge gebissen, als diesem Mann, den ich nicht kenne, den Vorschlag zu machen, in meinem Haus zu wohnen.
Er kriegt die Tür nicht auf, er kriegt die Tür nicht auf. Die Tür zum Wunderland. Bin ich zu groß oder ist die Tür zu klein. Jetzt hat er sie doch noch aufgekriegt. Steht auf, dreht sich zu mir herum, tut ganz unbewegt, so als wäre das ein Spaziergang für ihn gewesen. Aber ich sehe den Schweiß auf seiner Stirn. Hinter ihm schwingt langsam die Tür auf, ein gähnender Rachen aus fröhlichen Farben. Warum eigentlich nicht? Ich könnte hineingehen, es ansehen und meinen Frieden damit machen. Dann fällt mir nachher der Absprung umso leichter. Die erste Etappe auf dem 'time to say goodbye' Weg.
Grant ist schon drin. Hat sich seine Tasche geschnappt und ist einfach hineinmarschiert. Kommt aber nicht weit. Ich setze wackelig einen Fuß vor den andern, hefte meinen Blick auf Grant, der mitten im Zimmer steht. Gucke mir nichts anderes an als sein blaues T-Shirt über dem bulligen Oberkörper. Will nicht. Sein Gesicht. Hochgezogene Augenbrauen, halb geöffneter Mund. Grant ist überrascht, möchte etwas sagen und weiß nur nicht, was. Dreht den Kopf langsam von links nach rechts, betrachtet die Wände, legt den Kopf in den Nacken, sieht die Decke an. Ein leises Schnaufen. Belustigt? Entsetzt? Was hat ihn zum Lachen gebracht? Die Raupe, die Wasserpfeife rauchend auf dem Pilz sitzt, rechts an der Wand? Der verrückte Hutmacher und die Wasserratte bei ihrer ewigen Teeparty, links an der Wand? Oder Humpty Dumpty auf der Mauer, an

der Wand gleich hinter uns? Ich frage mich, ob die Farben noch so strahlen wie an dem Tag, an dem ich die Bilder gemalt habe.
„Fantastic", sagt Grant, immer noch die Decke anstarrend.
„Die Schachfiguren leuchten im Dunkeln", sage ich.
Ob sie es immer noch tun? Weiße Königin gegen schwarze Königin? Ich sehe die Bewunderung in Grants Blick und traue mich endlich. Das Erste, was ich sehe, ist die verstaubte, pinkfarbene Wickelkommode. „Runter mit ihrem Kopf!" gellt der Befehl der schwarzen Königin in meinen Ohren.
„Did you do that?"
Ich nicke. Alice im Wunderland. Ich bin kein Profi. Aber ich habe schon in der Schule gerne gemalt und gezeichnet. Die Farbe an den Wänden ist nur ein wenig eingestaubt. Diddeldum und Diddeldee grinsen mich böse an. Ich habe sie vergessen. Nein. Schlimmer noch. Begraben. Im Spiegel an der Wand huscht ein rothaariges Gespenst durch den Rahmen. Davor liegen die Plüschtiere: ein Reh zum Umarmen. Eine grinsende Cheshire Katze zum Verschwinden. Mitten im Zimmer ist die Tafel gedeckt, ein Puppentisch für zehn. Teeparty in der Hölle. Über die Teekanne läuft eine dicke, schwarze Spinne und die Luft ist alt, verbraucht, tot.
Ich bücke mich, hebe die Katze auf. Schüttele grauen Staub aus dem braunroten Fell. Drücke das weiche, muffig riechende Ding an mich. In der Ecke das Kinderbett. Grün gestrichen, mit Efeu umrankt. Wer weiß, vielleicht nimmt die Grinsekatze mich ja mit, wenn sie wieder verschwindet.
Grant geht hinüber zum Fenster, öffnet es. Das Mobile über dem Kinderbett gerät in Bewegung. Sechs weiße

Kaninchen eilen durch die Luft, fixieren ihre Taschenuhren und kommen trotzdem zu spät. Mir ist kalt. Grant lehnt sich gegen das Fenster, sieht mich an.
„Want to tell me?"
Nein. Ja. Aufräumen, meinen Frieden machen. Die Wunde ist nicht wirklich verheilt. Unter einer seidig dünnen Schicht liegen das rohe Fleisch und die feucht glänzenden Innereien.
Ich rupfe am Plüschfell der Grinsekatze herum.
„Ich war nicht mehr die Jüngste, als ich schwanger wurde: mit 43. Eigentlich wollte ich da schon nicht mehr. Es war ein Zufall und Matthew war begeistert. Zu Anfang lief alles gut.
Aber in der elften Woche hatte ich einen Traum. In meinem Traum war zuerst alles dunkel. Dann, in der Ferne, ein Licht. Oder ein weißer Fleck. Es kam schnell näher. Und näher. Das Gesicht eines Babys. Meines Babys. Vollkommen, zahnlos lächelnd. Ja, es hat mich angelächelt. Ein freundliches Lächeln und ein Bedauerndes. Diesmal nicht, sagte das Lächeln. Überhaupt nicht in diesem Leben. Tut mir leid, Mama. Dann verschwand das Gesicht wieder, wurde immer kleiner, und am Ende fraß die Dunkelheit es auf."
Ein See von Tränen. Alice wäre beinahe darin ertrunken.
„Als ich aufwachte, war mein Bettzeug blutgetränkt. Ein schlaues Baby. Es hat genau gewusst, dass ich eine beschissene Mutter gewesen wäre. Viel zu sehr mit meinem verrückt spielenden Hirn beschäftigt, als das ich mich hätte gut um sie kümmern können. Nicht in diesem Leben.
Ganz abgesehen davon, das Lithium nicht gerade die Entwicklung gesunder Babys fördert.

Erhöhtes Fehlbildungsrisiko.
Die Grinsekatze ist völlig ramponiert. Sie hat büschelweise Fell gelassen. Aber sie ist immer noch da. Und ich auch. Leider.
Grant räuspert sich. Das war's. Er hat begriffen, dass ich verrückt bin. Er wird sich 'politely' verabschieden und gehen. Ich komme ihm zuvor, meine Stimme hat einen bittenden Unterton, den ich herzlich verabscheue:
„Im Keller gibt es ein Campingbett, das kann ich raufholen. Ist ganz bequem, wirklich. Und wenn du schläfst, siehst du die ganzen Viecher hier nicht."
Außer in deinen Träumen. Ich sehe Grant an. Er wirkt keineswegs abgestoßen. Eher amüsiert.
„Ist ok. Kleine Abwechslung von der Zelle. Aber Du: keine Kinder, kein Mann, keine Freunde?"
Mitten ins Schwarze. Spielt er Darts? Ich streiche vorsichtig über die Wunde an meinem linken Handgelenk. Hab nicht genug Luft zum antworten.
„Welcome to the club."
Grant sagt es ganz ruhig und sachlich. Schließt das Fenster wieder.
Ich zupfe der Grinsekatze noch ein bisschen braunrotes Fell aus. Hatte Harpo nicht gesagt, das er in keinem Club Mitglied werden wolle, der ihn haben will?
Grant entdeckt das Gedicht, das ich an die Wand gemalt habe.
„The time has come, the walrus said, to talk of many things, of shoes and ships and sealing wax, of cabbages and kings, and why the sea is boiling hot and weather pigs have wings."
Er brummt amüsiert und sieht mich an.
„Schweine mit Flügeln? Why not."
„Weil sie zu fett zum Abheben sind."

4.
„'Tis pleasant, sure, to see one's name in print.
A book's a book, although
there's nothing in't."
Lord Byron

Du hast Besuch.
Ich weiß, Janus. Was glaubst du, für wen ich hier Bettwäsche zusammensuche?
Nein, nein. Er ist im Arbeitszimmer!
Im Arbeitszimmer? Eben war Grant noch damit beschäftigt gewesen, das Campingbett aufzustellen.
Du solltest eben keine Einbrecher in dein Haus lassen.
Es ist zu spät für kluge Ratschläge. Abgesehen davon, wo hast du dich die ganze Zeit herumgedrückt?
Das Arbeitszimmer gehört mir.
Nein, mir.
Ich habe einen Stapel Blümchenbettwäsche in der Hand, die weder von der Farbe noch vom Motiv her Wunderland tauglich sind. Nun, damit wird Grant leben müssen.
Aber Janus hat recht. Jetzt höre ich es auch. Leise Fußtritte, ein zartes Rascheln gleich nebenan. Der Boxer kann sich erstaunlich ruhig verhalten.
Nicht das Arbeitszimmer!
Ein Gefühl steigt in mir hoch, dass ich so schon lange nicht mehr gespürt habe. Ich kann es kaum benennen: eine hagelschwere Gewitterwolke kurz vor dem ersten Blitz. Doch das Beste kommt erst noch.
Ich stampfe in das nächste Zimmer, die Hände in Blümchenbaumwolle verkrallt.
Da sitzt Grant, voller Besitzerstolz, in meinem Bürostuhl, an meinem Schreibtisch und sieht aus meinem

Fenster hinaus in meinen Garten. Als wäre er Dan Brown und hätte soeben mal wieder einen Bestseller fertig gestellt.
Grant hört mich hereinstampfen, rollt elegant mit dem Stuhl ein Stück zurück, dreht sich um und sieht mich erwartungsvoll an. Ich knalle ihm die Blümchenladung auf den Schoß.
„Los, runter mit dir. Mach dein Bett. Du hast hier oben nichts verloren. Out of bounds. Comprendre, Padrone?"
Vor Wut rutschen mir alle Sprachen durcheinander. Warum auch lasse ich einen Einbrecher in mein Haus?
Janus steht neben uns am Fenster und amüsiert sich. Meine Wangen sind heiß, bestimmt glühe ich wie Rudolfs Nase in der Dunkelheit.
Beinahe sieht es so aus, als wolle Grant seine Augenbraue wieder heben. Doch er besinnt sich eines Besseren. Klemmt mit der Rechten seine Bettwäsche unter den Arm, steht auf. Macht mit der Linken eine einladende Geste.
„Sorry. Please, sit down."
Ich stürme an ihm vorbei, schmeiße mich in den Bürosessel und rolle augenblicklich durch das halbe Zimmer. Zu blöd auch, man konnte diese Rolldinger unten noch nie feststellen. Grant bremst meine Fahrt, schiebt mich zurück an den Schreibtisch. Janus hält sich den Bauch vor Lachen. Schöner Freund. Grant räuspert sich.
„Ich war neugierig."
Neugierig? Auf eine eingedellte und zerkratzte Kiefernholzplatte? Auf die Postkartensammlung mit den klugen Sprüchen drauf oder auf das Synonymwörterbuch und den kaffeefleckigen Duden? Auf die eselsohrigen Papphefter voller abgelegte Ideen und halbgarer Entwürfe?

Oder auf meinen kleinen Laptop, mit dem ich so gerne gearbeitet habe, weil man ihn überall mit hinschleppen konnte?
„How do you do it?"
Wie mache ich was? Mein Leben zu einem Desaster, mich selbst zum Kapitän der Titanic? Ich rolle probehalber ein bisschen mit meinem Stuhl auf und ab.
Grant scheint etwas in meinem Bücherregal entdeckt zu haben. Er geht hinüber und nimmt zwei Titel heraus. Glänzend schwarzer Einband, rotgraue Schriftzüge: „Dunkelkind" Band eins und Band zwei.
Ich finde, sie hätten meinen Namen nicht ganz so groß auf's Cover bringen sollen. Der Titel ist viel wichtiger.
Grant kommt in Fahrt. Er vergisst sogar, sich zu räuspern.
„Das hier. Schreiben. Wie machst du das?"
Ich rolle im Kreis. Das macht Spaß, das beruhigt. Warum ist mir das nicht schon viel früher eingefallen? Grant hat die beiden Bücher vor mir auf den Schreibtisch gelegt. Und nun stellt er mir auch noch die 'Eine-Million-Dollar-Frage'. Die Frage, auf die jeder angehende Autor nur allzu gerne eine Antwort hätte.
'Man macht es einfach' ist ebenso falsch wie 'man kann es lernen'. Am Ende ist es eine Mischung aus beidem und am allerwichtigsten ist sorgfältige Planung. Jeder Autor, der was anderes erzählt, lügt.
Vergiss nicht, wie wichtig es ist, gründlich seine Figuren auszuarbeiten.
Man kann es auch übertreiben. Aber du bist mir tatsächlich gut gelungen. So lebendig, dass du Schatten wirfst. Schatten, die mich überallhin verfolgen.
Danke.
Janus sieht stolz aus. Zeit für die Wahrheit.

„Wir haben gewettet."
Janus' Gesichtszüge entgleisen. Pech. Jetzt habe ich Grants ganze Aufmerksamkeit.
„Als die ersten Heribert Otter Bände herauskamen und der ganze Hype losging, da wurde auch Matthew angesteckt. Mein Mann. Er hat mit glänzenden Augen eines nach dem anderen dieser Dinger verschlungen und war begeistert. Ich konnte es einfach nicht verstehen. Die Handlung war mäßig spannend und das Ende jedes Mal vorhersehbar."
Ich nehme eines meiner Bücher in die Hand. Bin immer von Neuem erstaunt, wie schwer es ist. Wie dick die Seiten, wie schwarz die Schrift.
Mein Buch.
„Ich konnte nicht begreifen, warum die Rahling so erfolgreich damit war. Schließlich hat es schon vorher Bücher über sympathische Hexen gegeben und Bücher über Kinder im Internat. Ich habe behauptet, das könnte ich auch schreiben."
Shiraz, komm her. Ich brauche dich.
„Matthew hat mich für verrückt gehalten. Also habe ich die ersten zwei Bücher geschrieben, nur um es ihm zu zeigen. Und bin dann verrückt geworden."
Grant überhört den Teil mit 'verrückt sein':
„Geht es darin auch um Hexerei?"
„So ähnlich. Es ist ein Fantasy-Roman. Ein junges Mädchen namens Cassy entdeckt, dass sie die Fähigkeit hat, mit Worten zu töten. Sie entkommt den Menschen, die sie deswegen fürchten und vernichten wollen und findet Schutz in der Nachtakademie. Unter der Aufsicht des Leiters Professor Janus lernen Kinder wie sie, Kinder mit besonderen Fähigkeiten, diese zu kontrollieren und im Interesse des Gemeinwohls einzusetzen."

Am Fenster macht Janus eine kleine spöttische Verbeugung in unsere Richtung. Grant nickt.
„Kommt mir bekannt vor."
„Ich sag's ja: nichts Besonderes."
„Du meinst, deine Bücher sind nicht gut?"
Ich zucke mit den Schultern. Sie sind verfilmt worden, alle beide. Es gab T-Shirts, Kaffeebecher und Barbiepuppen. Die wirklich hässlich waren. Grant lässt nicht locker.
„Ich lese nicht viel, aber ich hab davon gehört. Eine Menge Leute mögen deine Bücher."
Na und? Ich stoße mich mit den Händen von der Schreibtischplatte ab und lasse meinen Stuhl rotieren bis mir schwindlig wird. Grant verschränkt die Arme vor der breiten Brust und sieht geduldig zu.
„Komm mir nicht mit dem Fliegen-Argument", sage ich, als die wilde Fahrt vorbei ist.
Jetzt sieht Grant hilflos aus. Ich kläre ihn auf:
„Fresst Scheiße, Millionen Fliegen können nicht irren."
Die Augenbraue hebt sich, wird von einem schmalen Lächeln begleitet. Die nächste Frage folgt sofort.
„Und was ist mit dem dritten Teil?"
Warum interessiert ihn das so brennend, wenn er doch nicht liest? Ach so, natürlich. Ich Dummerchen. Das Geld.
Also, welche Version gebe ich ihm, die lange? Die kurze? Geschrieben, Erfolg gehabt, mehr Erfolg gehabt, unter Druck gesetzt, ausgeflippt, krank geworden? Soll er es doch gefälligst googeln.
Ich lasse meinen Bürostuhl eine Vierteldrehung machen. Nun kann ich den halbtoten Baum vor dem Fenster besser sehen.
„Ich arbeite noch daran."

Wir betrachten gemeinsam den Staub, der sich auf Duden und Pappheftern angesammelt hat. Nur mein kleiner Laptop glänzt.
Grant räuspert sich. Ich kann dieses trockene Schleifpapiergeräusch bald nicht mehr hören.
„Es gab Gerüchte, dass du wieder schreibst."
Nanu, wo hat er das denn her, hat er sich doch im Internet herumgetrieben? Ich stoße meinen Bürosessel wieder an, doch diesmal komme ich nicht weit. Die breite Pranke eines Boxers hängt an der Rückenlehne fest. Also gut:
„Da draußen sind immer noch ein paar hartnäckige Fans unterwegs. Von Zeit zu Zeit verbreiten sie das Gerücht, es wäre endlich soweit. Der lang ersehnte Teil drei, das Ende der „Dunkelkind-Trilogie". Ich habe schon Angebote von eifrigen Lesern bekommen, die mir ein kleines Vermögen zahlen wollen, wenn sie nur mal einen Blick in mein Manuskript werfen dürften."
Der Boxer lehnt sich vor:
„So what?"
„So nothing."
Zugedröhnt mit Tabletten, ruhig, lächelnd, immer ausgeglichen: mein Hirn eine Buchstabensuppe, in der die Kreativität hilflos ertrinkt. Ohne Tabletten? Willkommen zur Achterbahn der Gefühle mit eingebautem Todeslooping. Rauf, runter und zwischendurch in die Kurve legen. Ohne anschnallen natürlich. Lachen, kreischen, heulen, die Arme in die Luft reißen. Selbstmord begehen.
Keine Zeit für's Schreiben.
„Nicht dein Problem", sage ich.
Er lässt den Stuhl los und sieht mich an wie einen seltenen Käfer. Einen Hässlichen, den man am liebsten platt

quetschen würde, wenn dieser nicht unter Naturschutz stünde.
Das Telefon klingelt. Ich beiße mir vor Schreck auf die Zunge. Nicht schlimm, aber schmerzhaft genug. Der kleine schwarze Apparat, schnurlos aber nicht stimmlos, liegt neben mir auf dem Schreibtisch. Grant verschränkt die Arme wieder.
„Seems that at least one person wants to talk to you."
Das Klingeln ist laut und beharrlich. Da kommt nur eine infrage. Fast glaube ich, Idas schrille Stimme zu hören. Ida Grafenstein, von der Agentur Grafenstein. Meine Agentin. Sie hat an den ersten „Dunkelkind" Bänden ein beachtliches Sümmchen verdient, und nun will sie natürlich ihre Klauen auch in den letzten Band graben. Ida hat kleine, flinke, schwarze Augen und einen Riecher für Verwertungsmöglichkeiten: Filmrechte, Merchandising, Gesamtausgaben. Mit Illustrationen, ohne Illustrationen. Erwachsenenausgabe. Kinderausgabe. Leinen mit Lesebändchen. Taschenbuchausgabe oder Hardcover. Nicht zu vergessen, die Hörbuchrechte. Ich sollte mich nicht beschweren, sie hat auch für mich immer ein anständiges Honorar herausgeschlagen. Aber damit ist es nun vorbei. Arme Ida.
„Willst du nicht rangehen?"
Grant steht immer noch neben mir. Gibt es bei den Engländern keine Privatsphäre? Ich strecke meine Hand nach dem Hörer aus und sehe Grant an. Runzele meine Stirn, deute in Richtung Tür. Was ist, braucht er es schriftlich? Soll ich ihm einen Brief schreiben?
„Sorry."
Er hat's kapiert. Geht und macht sogar die Tür hinter sich zu. Ich ziehe meine Hand wieder zurück. Ich hab's nicht so mit Telefonen. Ich hasse die Dinger. Ich hasse

die Leute am anderen Ende, die glauben, mich zu Hause, in meinem Nest, meinem Schutz, stören zu dürfen mit ihren schrillen Tönen, ihren fordernden Stimmen. Ihrem falschen 'wie geht es dir', auf das sie nie eine wirkliche Antwort hören wollen. Denn ein ehrliches 'ich würde mir gerne das Hirn rausblasen' würde sie sprachlos machen und mir schlimmstenfalls wieder einen Stationsaufenthalt bescheren.
Das Klingeln wird Ida, das Klingeln ist Ida. Zwickt mich in die Waden, beißt mich in die Ohren, bohrt sich in mein Hirn. Also gut. Ich nehme den Hörer auf. Das Klingeln verstummt. Die Stille ist das erste Glas Rotwein am Morgen. Köstlich. Ich lausche erst eine Weile dem fernen Quaken aus dem Hörer, bevor ich mich dazu durchringen kann, ihn an mein Ohr zu drücken.
„Maxi? Maxi, Liebes, bist du da?"
Ja. Leider. Obwohl ich mein Da-sein gerade erst gestern beenden wollte.
„Hallo, Ida."
„Maxi, na endlich. Wie geht es dir?"
Die Antwort würgt sich meine Kehle hoch, ich kaue wider, spucke den Brocken aus.
„Gut."
„Und, wie weit bist du? Kommst du voran mit dem Schreiben? Du willst nicht vielleicht einmal, nur dieses eine Mal, von deiner eisernen Regel abweichen und mich schon vorher einen Blick auf dein Manuskript werfen lassen?"
Welches Manuskript? Ich habe etwas Halbes, Rohes, ohne Anfang und Ende. Ich habe eine Hauptfigur, die zwar gerne mit mir herumstreitet, sich aber standhaft weigert, wieder in schwarzen Buchstaben auf weißem Papier gefangen zu sein.

Ich habe nichts.
„Nein."
„Seit drei Jahren warten deine Fans auf den letzten Teil, und sie werden langsam ungeduldig."
Ich weiß. Enttäuschte Erwartungen sind ein böses, schleichendes Gift. Genauso böse wie die Chemie, die mir das Hirn versuppt.
„Es kursieren bereits Gerüchte, du hättest dich ausgeschrieben, du würdest es nicht mehr packen. Die Kritiker freuen sich schon, die meisten haben es sowieso nicht verstanden, warum deine Bücher solche Publikumserfolge waren."
Ist das Idas neue Masche, irgendein Psycho-Trick oder so?
„Ich dachte, eine Agentin ist dazu da, ihre Autoren aufzubauen, nicht, sie fertigzumachen."
„Maxi, Maxi, natürlich glaube ich kein Wort davon. Aber ich finde, du musst wissen, was in der Branche vor sich geht. Wie wichtig es ist, das du bald dein Manuskript ablieferst. Wichtig vor allem für dich! Denk doch an die Garantiesumme, die wir vereinbart haben. Die Film-, Fernseh- und Hörbuchrechte. Ich habe eine Pressemeldung herausgegeben. Dass du bald fertig wärst."
„Du hast was?"
Definitiv ein neuer Psycho-Trick. Ich könnte meine eigene Pressemeldung herausbringen: Maximiliane Winter, 49, ist eine Versagerin. Hat den Druck nicht ausgehalten und ist durchgedreht. Kann nicht mehr schreiben, wird nicht mehr schreiben. Nie wieder.
Ihr wollt wissen, wie die Geschichte ausgeht? Lest den Nachruf. Ida atmet aufgeregt in den Hörer.
„In deinem eigenen Interesse, Maxi, um den bösen Klatsch und Tratsch zu unterbinden."

Ich rolle ein Stück mit meinem Bürosessel zurück und hebe die Beine auf die Schreibtischplatte.
Grant hat seine Bettwäsche vergessen. Ich lege die Füße auf Baumwollblümchen. Wackele mit den Zehen. Lehne den Kopf zurück und starre an die Decke.
Ein feiner Riss läuft einmal quer darüber.
„Maxi?"
Jetzt wird Idas Stimme leise, weich. Fast verschwörerisch.
„Ich habe da von einer Therapeutin gehört, die soll wirklich hervorragende Arbeit leisten. Speziell mit manisch Depressiven. Ich habe ihr von dir erzählt und sie ist sehr interessiert. Soll ich dir ihre Telefonnummer geben? Oder ich könnte auch gleich einen Termin machen, wie wäre das?"
Hatte ich doch schon alles. Und das weiß Ida auch. Austherapiert. Ich will nicht mehr über mich reden. Es gibt nichts mehr zu sagen.
„Ich gehe zu Dr. Alt."
Manchmal. Hin und wieder. Gar nicht.
Der Riss ist innen drin ganz schwarz. Er könnte sich erweitern, jeden Augenblick.
„Du weißt ja, wie ich darüber denke, Maxi."
Ein Spalt, der sich auftut und mich aufsaugt. Mit einem leisen, schlürfenden Geräusch: schwupp, nach oben. Einen Moment lang sieht man noch meine Beine zappeln.
Dann sind auch sie verschwunden.
Ida holt tief Luft und legt los.
„Wir werden beherrscht von Pharmakonzernen, die Pillenabhängigkeit auf Kosten von Naturheilmitteln propagieren. Die Konzerne sind amoralisch und geldsüchtig. Warum sollten wir Pillen schlucken, wenn es doch Na-

turheilmittel gibt? Warum Chemie, wenn wir doch die Homöopathie haben?"
Dieses verfickte Esogequatsche!
„Du weißt ja, wie ich darüber denke, Ida! Alternative Medizin wirkt nachweislich nicht! Und weißt du, wie alternative Medizin genannt wird, die nachweislich wirkt? Medizin!"
Janus applaudiert, ich grinse ihn an. Aber so leicht ist Ida nicht zu entmutigen.
„Ich verstehe dich nicht. Das könnte dir doch helfen! Glaubst du denn wirklich nicht an alternative Medizin?"
„Klar doch. Ich hab sogar was im Badezimmerschrank: Aspirin, hergestellt aus Weidenrinde, frei von Nebenwirkungen!"
Endlich, ein wenig Stille im Hörer. Das Universum atmet auf.
„Aber mit Bachblüten zum Beispiel..."
Bachblüten gegen bipolare Affektstörung?
„Ida, komm mir nicht mit dem Mist. Da verdienen nur die Hersteller dran. Tolle Masche: Wasser mit Erinnerungsvermögen zu verkaufen. Warum erinnert sich das Wasser nicht an all die Scheiße, die da drin rumschwimmt?"
Ein leiser Seufzer weht durch das Universum.
„Wenn du etwas brauchst, dann sage mir Bescheid. In Ordnung?"
Sie hat aufgegeben. Manchmal könnte ich doch an den alten Rauschebart da oben glauben. Was ich brauche? Einen Revolver. Ein schnell und schmerzlos wirkendes Gift.
„Bis dann, Ida."
„Ich melde mich. Frohes Schaffen!"
Sie hat aufgelegt.

Ich bin nicht der einzige Autor, der ihren Zuspruch braucht. Ich bin bestimmt auch nicht der einzige Autor, der gerne eine Fahrkarte ins Jenseits hätte.
Was Ida wohl sagen würde, wenn sie wüsste, was ich vorhabe? Tu es nicht, das Leben ist wunderbar, richte einen Wunsch an das Universum, es gibt mehr Dinge zwischen Himmel und Erde... bla, bla, bla. Aber in ihrem Kopf würde gleichzeitig die große Rechenmaschine laufen, denn erfahrungsgemäß steigert nichts so sehr den Umsatz von Büchern wie das Ableben ihrer Autoren. Ein Fest für die Pressewölfe. Das Bild von meinem Striptease am Potsdamer Platz hatte die Unterschrift „Nackter Wahnsinn" getragen.
Was werden sie wohl aus meinem Selbstmord machen: „Toter Wahnsinn"? Für den letzten Teil wird Ida jemand anders namhaften verpflichten, der es 'ganz in meinem Sinne' fertigstellen wird. Jeder ist ersetzbar. Nur ein toter Autor ist ein guter Autor. Ich werde ein sehr guter Autor sein.
Du bist eine sehr gute Autorin. Eine lebendige!
Janus. Ich hatte dich vergessen.
Du hast uns alle vergessen.
Nicht vergessen. Nur verloren. Unrettbar, unerreichbar verloren. Ich klappe meinen Laptop auf, fahre ihn hoch. Magie. Mein Maschinchen erwacht zum Leben, öffnet mir das Tor ins Wunderland. Alice fällt und fällt. Am Ende ist sie zu groß für die Tür. Oder zu klein? Ich klicke mich durch meine Ordner. Da sind sie: die Schüler der Nachtakademie. Meine dunklen Kinder. Stecken mitten in ihrer Geschichte fest. Eingefroren. Können nicht vor und zurück. Ich lese die ersten Seiten. Nicht schlecht. Schaue mir die Storyline an. Da liegt das Problem. Ich finde das Ende nicht.

Ganz einfach: Das Licht siegt über die Dunkelheit.
Ich kann doch meine Dunkelkinder nicht töten? Ich habe schon ein Kind auf dem Gewissen.
Du weißt genau, wie ich das meine. Das Gute besiegt das Böse. Ein Happy End.
Du verlangst zu viel von mir, Professor.
Ich schließe die Ordner wieder.
Er sieht enttäuscht aus. Dreht sich um und geht aus dem Fenster. Ich habe noch nie zusehen dürfen, wie er verschwindet. Er muss wirklich sauer sein.

5.
„Those who restrain their desires do so because theirs is weak enough to be restrained."
William Blake

Vor mir auf dem Schreibtisch, der Computerbildschirm. Leer. Ich tippe ganz leicht an eine Taste, und er wacht wieder auf. Drei Mausklicks weiter bin ich schon drin: HotLove.
Ich bin ganz zufällig über diese Seite gestolpert. Vielleicht auch nicht. Vielleicht hat sie mich magisch angezogen. Denn wenn das, was ich jeden Tag, jede Stunde, jede Minute im Kopf habe, wenn das mal auf eine Leinwand käme, können Fellinis „120 Tage von Sodom" glatt einpacken. Eine nette kleine Begleiterscheinung der Manie: gesteigertes sexuelles Verlangen. Meine Hormone spielen lustvoll verrückt. Ich kann vielleicht nicht mehr schreiben, aber dafür kann ich was anderes. Auf der Stelle, stundenlang. Immer wieder und wieder. Ein Automatenpüppchen, das aufgezogen wird mit einem kleinen Schlüssel im Rücken. Dann rennt es so lange im Kreis, bis entweder eine Wand ihren Weg bremst oder der Mechanismus versagt. So oder so: Püppchen hat keine Chance. Püppchen bestimmt nicht.
Also HotLove. Angeblich über 500.000 aufgeschlossene Mitglieder und eines der größten und vielfältigsten Sex- und Erotikforen. Behaupten sie jedenfalls. Und wollen nette Kontakte und stilvolle Erotik bieten. Ich konnte einfach nicht widerstehen. So viele Fotos von gut gebauten Kerlen auf einmal. Deshalb habe ich mir ein Profil angelegt mit einem hübschen Bild. Und ein Pseudonym: Lulu. Die Verführerin. Auf Lulus Bild bin ich ganz besonders stolz. Das habe ich nämlich selbst

gemacht, mit dem Handy. Ein Brustbild sozusagen. Ich trage ein leichtes Spitzenhemdchen, das nur meinen rechten Busen bedeckt. Links liegt frei und bloß, und die Brustwarze guckt neugierig aus dem Bild. Natürlich kriegt 'Mann' mein Gesicht nicht zu sehen. Nicht hier. Ich bin ja nicht komplett verrückt. Was, wenn mich einer erkennt? Ich bezweifle, dass Ida über diese Sorte von Publicity erfreut wäre. Der spitzenbesetzte Wahnsinn?
Lulu ist Romantikerin. Sie wünscht sich einen ausdauernden, zärtlichen Liebhaber, der sie mit langen, tiefen Küssen und sanften Händen verwöhnt. Sie bekommt jede Menge Zuschriften. Die meisten landen gleich im Papierkorb. Aber einige archiviert sie unter 'Kontakte' und schreibt regelmäßig Clubmails. Es ist immer aufregend, wenn wieder ein Briefumschlag neben Lulus Brustwarze blinkt. 'You've got mail'! Dark Soul zum Beispiel. Er hat ihr heute Fotos geschickt. Eine kunstvoll gefesselte Frau und mehrere Männer. Wo hat er die Bilder nur her? Sie sind unglaublich erotisch und kein bisschen schmuddelig. Lulu wird schon ganz unruhig. Von Tantraman hat Lulu eine Geschichte bekommen. Tantraman ist ein echter Poet, er schickt ihr gerne Geschichten. In dieser hier geht es um einen Mann, der eine Anhalterin mitnimmt. Die Anhalterin heißt, was für ein Zufall, Lulu. Sie lädt ihn auf ihr Hausboot ein. Nachts wird er Zeuge, wie Lulu mit einem anderen Mann schläft, wohl wissend, dass er zusieht.
Mmh. Lulu rutscht auf ihrem Stuhl hin und her. Sie wird heiß. Doch alles, was sie hat, ist ein vibrierendes Stück Plastik. Obwohl das Plastik wirklich ganz hervorragend vibriert. Ein Nacken- und Rückenmassagegerät von Tchibo. Passt prima in die rechte Hand, sieht aus wie

ein Mini-Euter mit drei Zitzen dran. Dicke, blaue Zitzen, die nicht nur ordentlich rhythmisch zittern, sondern an den Spitzen auch noch blau leuchten. Nur das batteriebetriebene Brummen stört ein wenig. Ansonsten himmlisch.
Aber heute nicht. Heute reicht es nicht. Was soll sie nur machen? Tantraman ist nicht online. Aber der Satyr ist online, zu Hause, und willig. Lulu mag sein Profil. Er erobere eine Frau mit Charme, Stil und Niveau und sei ihr dann geistig und körperlich zu Diensten. Behauptet er jedenfalls. Außerdem sei er einfallsreich und verwöhne gerne die Dame mit allen Facetten der Liebeskunst, bis sie ihre Lust in die Berliner Nacht schreit. Lulu ist bereit zu schreien, laut und deutlich.

Grant ist in der Küche. Er putzt doch tatsächlich den Kühlschrank?
„Lass das. Ich brauche dich als Fahrer, nicht als Putzfrau!"
Er taucht aus den Tiefen des Gemüseschubfachs auf, sieht mich und hält inne. Hübsch, wie er den Mund aufreißt, wie eine Cartoonfigur. Fehlt nur noch, dass ihm die Zunge vorne rauslappt und seine Augen aus den Höhlen quellen.
Und das alles nur, weil ich ein Kleid anhabe. Na gut, es ist schwarz, eng und der Push-up-BH schraubt meine Titten in schwindelerregende Höhen. Praktisch. Da fällt keinem mehr mein Bauch auf.
Geschminkt habe ich mich auch ein bisschen. Wenig Augen-Make-up. Dafür ein Kilo 'Red as sin' auf den Lippen.
„Prenzlauer Berg", sage ich und hätte genauso gut „Spiralnebel des Neptun" sagen können.

Was ist nur mit den Männern los? Gestern hat er mich praktisch nackt gesehen, und ich war nichts weiter als ein technisches Problem für ihn. Heute, mit der entsprechenden Verpackung, sieht er mich an wie das, was er ist. Ein Knacki, der acht Jahre lang keine Frau mehr gehabt hat. Ich fühle mich wie ein Würstchen, das einem sehr hungrigen Hund vor die Nase gehalten wird. Und einen Moment lang bin ich versucht, es zu tun. Mit Grant, hier und jetzt, auf dem Küchentisch. Für's Erste. Und dann immer weiter. Auf dem Sofa, in der Badewanne. Im Keller an die Wand gefesselt. Von vorne, von hinten, von oben, von unten. Ob er es schaffen würde, mich totzubumsen? Geht das überhaupt? Wahrscheinlich bekäme er vorher einen Herzinfarkt. Nein, das ist nicht gut. Ich will keinen mitnehmen dorthin. Das soll er selbst bestimmen. Wenn er kann. Und überhaupt, man scheißt nicht, wo man frisst. War immer meine Devise. Nur einmal habe ich mich nicht dran gehalten. Und das hat Matthew umgebracht.
Grant will sich räuspern, aber er kann nur krächzen. Lustig.
„Jetzt?"
Wenn Grant eine Cartoonfigur wäre, würde ihm ein großes Fragezeichen über dem Kopf schweben. Wenn ich eine Cartoonfigur wäre, würde ich ihm mit einem Hammer eins überziehen.
„Ja, jetzt. Sofort!" sage ich.
Lulu ist ungeduldig, Lulu will endlich los. Lulu will schreien. Grant klappt den Kühlschrank zu.
Aber der schwierige Teil kommt erst noch. Die Autoschlüssel liegen immer noch auf der Kommode im Flur. Ich schubse staubige Mahnungen auf den Boden, bis es klimpert. Eine kleine Plastikflasche 'Single Malt Whisky'

als Anhänger. Sofort steigt mir die Erinnerung erdig-torfig in die Nase.
Matthew hatte dieses Zeug geliebt. Er besaß einen Laden in Friedrichshain, wo er regelmäßig Tastings veranstaltete. Pur, ohne Eis. Ein bisschen Wasser, vielleicht. Reines Quellwasser, mit der Pipette dazu getropft, um die Fassstärke zu verfeinern. Wer Cola in seinen Whisky kippen wollte, wurde sofort entfernt. Notfalls gewaltsam. Kerle, die fette Zigarren dazu rauchen wollten, flogen ebenfalls raus. Matthew war groß und schlank. Er hatte ein träumerisches Gesicht und hellrote Haare. Sah aus wie ein Poet, doch wenn es um sein Wasser des Lebens ging, verstand er keinen Spaß.
„I am ready."
Grant hat sich eine schwarze Jacke angezogen, die an den Ärmeln leicht ausgefranst ist. Ich gebe ihm die Autoschlüssel und wische meine staubigen Finger an meinem Kleid ab. Grant öffnet die Haustür. Lulu drängt vorwärts, doch ich zögere. Es riecht da draußen so nach Leben. Ich wollte nicht mehr dort hinaus. Ich wollte hier drin, winzig klein und in mich zusammengerollt, die ganze Sache endlich beenden. Und nun? Ist die Maschinerie wieder angesprungen, bin ich wieder unterwegs. Lulu findet es zum Lachen. Sie ist ansteckend. Ich überlasse ihr das Steuer. Bin zu müde zum Kämpfen. Soll die Titanic doch untergehen (wenn ich Glück habe).
Mildes Herbstlicht, Sonne in bunten Blättern, eine tote Maus auf dem ungepflegten Rasen. Kater hat sich wohl von einer seiner Haremsdamen ablenken lassen.
Grant hat die Garage entdeckt. Bückt sich, schließt auf. Lulu bewundert seinen Hintern.
Ich strecke automatisch die Hand aus, kann mich gerade noch bremsen. Lulu kichert.

Das Tor stöhnt rheumatisch. Ich habe es nicht mehr geöffnet seit damals. Das Erste, was ich sehe, ist Abwesenheit. Ein leerer Platz neben Puck. Schwarze Reifenspuren. Da, wo Matthews Wagen gestanden hat. Einfach nicht hingucken. Ich konzentriere mich auf Grant, der Puck anstarrt. Meinen geliebten, knallroten Puck.
„Was ist, hast du noch nie einen Mini gesehen?"
„That's not a car. It's a joke", sagt er.
„Keine Beleidigungen bitte."
Ich fahre sanft mit der Rechten über den Lack. Hatte ganz vergessen, wie sehr ich mein kleines Auto liebe. 122 PS. Flink, zuverlässig und findet überall eine Parklücke. Wir zwei beide haben schon so manchen BMW-Fahrer verärgert. Die Fensterscheiben sind von Spinnweben überzogen. Puck könnte eine kleine Schönheitsbehandlung vertragen.
Grant öffnet die Fahrertür und versucht, seinen massigen Körper hinter das Steuerrad zu quetschen. Puck quietscht protestierend.
„Sei vorsichtig, Puck ist empfindlich."
Grant sieht sich um, als wäre da noch jemand und er gerade in Begriff, sich auf ihn draufzusetzen.
„Wer ist Puck?"
„Na, er hier. Mein Auto", sage ich, schiebe ein fledermausohriges Manuskript vom Rücksitz, setze mich und tätschle das Leder. Nichts in der Welt kann mich dazu bringen, vorne neben Grant zu sitzen. Nicht wegen ihm. Sondern wegen Matthew. Vielleicht sehe ich, was er sah, kurz vor seinem Ende? Grant quetscht sich hinter's Lenkrad, Puck schaukelt ein bisschen.
„Dein Auto heißt Puck?"
„Ja. Er ist klein und kapriziös. Und macht nicht immer, was man will. Aber manchmal, da kann er zaubern."

Grant sagt nichts. Justiert den Rückspiegel und genehmigt mir einen Blick auf seine gehobene linke Braue. Er sieht süß aus. Findet Lulu, spitzt die Lippen und haucht einen Kuss in Grants Richtung. Er lässt die Autoschlüssel fallen.
„Shit."
Grant bringt uns aus der Garage raus und schafft es, den Subaru meines Nachbarn nicht zu rammen. Reife Leistung. Das Ding ist fett, schwarz und klobig. Mein Nachbar muss einen sehr kleinen Pimmel haben.
Durch die schmalen Seitenstraßen steuert mein neuer Chauffeur uns noch zielsicherer hindurch. Doch dann wird er unsicher.
„Rechtsverkehr, Grant. Auf deiner Insel fahrt ihr alle auf der falschen Seite, hier nicht!"
Er hatte Puck schon auf der Gegenfahrbahn. Beinahe hätten wir es geschafft. Leider kein Gegenverkehr. Da hat Puck wohl ein wenig gezaubert. Nach so langer Zeit genießt er den Ausflug. Puck will nicht sterben. Schade, aber ich kann's verstehen.
Ein zarter Geruch nach Amber und Patchouli steigt mir in die Nase. Auf der Fußmatte rollt ein leerer Parfumflakon herum.
Die Mischung hatte ich mal auf einem Markt entdeckt. Ein gutmütiger Bär von einem Mann, Hare Krishna Anhänger, stellte sie selbst her und füllte sie in kleine Fläschchen mit goldglänzendem Deckel. Matthew mochte es sehr.
Ich sehe aus dem Fenster. Männer in Orange kehren Blätter zusammen. Damit auch ja nix die hübsche Idylle verschandelt. Idylle? Alles, was ich sehe, sind Zäune. Dass es so viele verschiedene schmiedeeiserne Gitter gibt, ist mir noch nie richtig aufgefallen. Und die Spitzen

auf den Zäunen: Rhomben, Rauten, Quadrate. Allen gemeinsam ist eines. Jeder, der da rüber will, endet als Schaschlikspieß.
Ich betrachte ein paar blutrote Blätter, die es bereits erwischt hat. Auch eine Möglichkeit. Qualvoll, gewiss, aber eine Möglichkeit.
Ich sehe wieder nach vorne. Grant hat kurze, eisengraue Haare. Lulu will mit ihren Fingern durch diese Haare fahren. Lulu will an seinem Ohrläppchen knabbern, mit der Zunge seinen Hals hinunterfahren. Wenn Lulu jetzt da vorne säße, neben ihm, dann würde sie sich hinüberbeugen und den Kopf in seinen Schoß... Nicht gut. Gar nicht gut. Dann würde er uns garantiert um den nächsten Laternenpfahl wickeln. Schön für mich, schlecht für ihn. Ich schließe die Augen, lasse mich in die Polster zurücksinken. Ein Fehler. Lulu übernimmt sofort die Regie in meinem Kopfkino, turnt mit Grant durch das gesamte Kamasutra.
„Here we are."
Was denn, schon da?
„Hier. Anhalten, genau hier."
„Ich kann hier nicht parken."
„Sollst du ja auch nicht. Ich will nur aussteigen. In zwei Stunden kannst du mich wieder abholen."

6.
„Don't stay in bed, unless
you can make money in bed."
Elizabeth Barrett Browning

Der Satyr wohnt im Prenzlauer Berg, im vierten Stock, mit Blick auf den Fernsehturm. Lulu erklimmt die Treppen, weiß nicht, ob ihr Herz wegen der ungewohnten Aktivität oder der Aufregung so schnell schlägt. Der Satyr hat die Wohnungstür aufgelassen, sie tritt ein, die abgezogenen Dielen quietschen ein wenig. Niemand da? Vorsichtig guckt sie um die Ecke, da stürzt er auch schon auf Lulu zu, umarmt sie, drückt ihr fast die Luft ab. Sie verkneift sich ein Kichern, es ist, als ob sie ein übergroßer Bernhardiner ableckt. Aber er ist hingebungsvoll. An der Wand hängen Bilder von Marathonläufen, er ist also auch ausdauernd, wie schön. Lulu hat Prosecco mitgebracht, den packt er gleich in seinen leeren Kühlschrank, erklärt auch, dass er arbeitslos sei, aber nicht seine Schuld. Ossis haben keine Chance heutzutage, er fasst ihr zwischen die Beine, freut sich, dass sie schon so nass ist. Lulu hat Stiefel angezogen und schwarze Strumpfhosen, das hat der Satyr sich gewünscht. Er wirft sie unsanft auf's Bett, wo ein riesengroßer, leicht zerfledderter Teddybär liegt, der aussieht, als wäre er von einer dieser Losbuden auf Rummelplätzen gewonnen worden. Jetzt wird der Satyr ungeduldig, die Strumpfhose verheddert sich, ist schwierig runterzukriegen, zumal Lulu noch die Stiefel anhat (er maaaaag Stiefel). Aber dann ist es endlich geschafft und auch Lulu kriegt was zu sehen, was anzufassen, was zu fühlen. Der Frauenversteher ist nicht besonders groß, aber das macht er mit Enthusiasmus wett, wirft sich auf sie, begräbt sie unter sich und fängt an, eifrig vor sich hin zu stoßen. Es ist schön, so begehrt zu werden, von vorne, von hinten, er grunzt, dann ist die erste Runde vorbei, aber den Prosecco scheint der leere Kühlschrank nicht mehr hergeben zu wollen. Dafür klingelt das Telefon. Der Satyr springt sofort auf, seine Mutter! Lulu sieht den Teddybären an, der mit seinen leeren schwarzen Knopfaugen rollt, er kennt das schon; der Satyr erörtert mit Mama seine desolate finanzielle Lage. Lulu betrachtet den Bildschirm, auf dem in der Ecke das Hot-Love-Logo blinkt. Er war online, bevor sie kam, aber gekommen ist sie noch nicht. Mama legt auf, und sie verlegen sich ins Wohnzimmer. Jetzt kommt doch noch der Prosecco raus und Lulu kniet sich auf sein Sofa, die Raufasertapete blättert ab. Draußen hupt ein Auto, der Satyr hat erstaunliches Stehvermögen. Lulu unterdrückt ein Gähnen, er hat geschrieben, er liebe Frauen, denn sie sind ein göttinnengleiches und sinnliches Geschlecht. Dann ist die zweite Runde vorbei. Er bewundert noch mal ihre Stiefel, beschwert sich ganz allgemein. Viele Frauen heutzutage sind ja so ungepflegt, wie die alle rumrennen, zum Wegsehen, findet auch seine Mutter. Lulu sucht ihre Klamotten zusammen, verabschiedet sich, er sagt, „tschüss, Pummelchen", sie zieht leise die Tür zu.

7.
„Most of the confidence which I appear to feel,
especially when influenced by noon wine,
is only a pretense."
Tennessee Williams

Wo ist Grant? Wo bin ich? Stolpere über unebenes Pflaster, weiche Hundehaufen und Kinderwagen aus. Blind im Sonnenlicht. Blinzele, drehe mich. Einmal um mich selbst. Immer rundherum. Würde gerne den Schlüssel aus meinem Rücken nehmen, den, mit dem der unsichtbare Automatenmeister mich immer wieder aufzieht.
Coffee to go. Sushi. Designeroutlet. Mehr Hundehaufen. Ein blaues Schild mit weißer Schrift. U-Bahn Eingang.
Das Blau des Schildes vor mir leuchtet wie ein Versprechen. Ein Meer aus Stille, in das ich eintauchen kann. Mit nur einem gewagten Sprung. Doch vorher muss ich den Bademeister austricksen: Grant. Er steht auf der anderen Straßenseite an einer weißen Bude. Er isst Currywurst. Seinem Gesichtsausdruck nach zu urteilen, hat er sich etwas anderes darunter vorgestellt.
Ich drehe mich um, starre in eine Schaufensterscheibe. Betrachte sein Spiegelbild in der Scheibe. Hat er mich entdeckt? Nein. Dafür entdecke ich, was hinter der Scheibe zum Verkauf angeboten wird: Sextoys aller Art. Kleine, gnubbelige, grüne Dildos, die aussehen, als hätten Marsmenschen beim letzten Besuch auf der Erde als Gastgeschenk ihre Genitalien mitgebracht. Ein schwarzes Quietscheentchen, das ebenfalls ein Freudenspender ist. Lederpeitschen, Duftkerzen, Bücher. Lulu kichert lahm. Sie verdaut den Satyr noch. Ich kann ihre Enttäu-

schung spüren und möchte sagen, 'was hast du denn gedacht, wie das sein wird'? Der bloße Austausch von Körperflüssigkeiten? Aber Lulu ist jenseits rationeller Argumente. Sie braucht nur eine kleine Pause, einen kleinen Dreh am Schlüssel, und dann geht's munter von vorne los. Nicht, wenn ich es verhindern kann.
Was macht Grant? Er kaut immer noch, und jetzt sieht er einem blonden Mädchen mit langen Beinen nach. Schnell jetzt. Das ist meine Chance. Ein Schwall lauwarmer Luft bläst mir entgegen. Hoffentlich sind nicht so viele Leute da unten.
Früher habe ich mich noch gefragt, wie man so was macht. So einfach vor den Zug zu hüpfen. Ist sowieso eine Männersache. Hab ich gelesen. Männer bevorzugen die harten Dinger. Erhängen oder vom Hochhaus springen. Erschießen. Auf den Schienen spazieren gehen. Hauptsache, es ist endlich, endgültig vorbei. Und genau das will ich auch. Jetzt frage ich nicht mehr.
Der Bahnsteig. Vier Leute, ganz hinten. Auf der Bank. Die stören mich nicht. Wo gehe ich hin? Ganz vorne? Nein. Ich will den Zug kommen sehen. Etwas mehr in die Mitte. Dann kann ich besser abschätzen, wann ich springen muss. Noch drei Minuten.
Eine Reklame für Deo an der Wand. Unten, zwischen den Gleisen, balgen sich zwei schmutzig graue Mäuse um eine Kippe. Es riecht leicht nach Urin. Kaugummipapier auf den Schienen. Die Stromleitung unter einer schützenden Hülle verpackt.
Wenn ich da rankomme, werde ich dann gegrillt? Ein sanftes Brummeln in der Ferne. Da kommt er. Ein schräges Paar gelber Augen im Tunnel. Mir fällt eine lustige Sache ein. Als ich achtzehn war und gerade von der Abifeier kam, da stand ich ebenfalls auf einem U-

Bahnhof. Ich sah den glänzend gelben Zug heranbrausen und dachte: Da kommt meine Zukunft. Überwältigend sonnig, voller Action, Krach und Aufregung! Sieht aus, als hätte ich recht gehabt.
Noch einen Schritt nach vorne? Die Stiefelspitze über den Rand schieben? Ja. Die Stiefelspitze ist schon ein bisschen tot. Die Mäuse verschwinden unter einer Schwelle. Ein heißer Wind faucht mir ins Gesicht, ich schließe die Augen. Etwas brüllt, ein großes böses Tier, meine Ohren frieren zu. Ich kann nichts mehr hören. Ich will nicht mehr sein. Einmal Auslöschung, einfach, bitte. Ich breite die Arme aus: Die Bahnsteigkantenspringerin vom Prenzlberg präsentiert den Salto Mortale ins Nichts. Ein wenig nach vorne neigen... jetzt... jetzt... bekomme ich plötzlich einen Schlag in die Magengrube. Fliege, fliege... rückwärts. Rückwärts? Nach hinten, unten? Harter Boden, rau. Der Aufprall drückt mir die Luft aus den Lungen, ich japse und öffne die Augen. Sehe einen Zigarettenstummel und eine kleine schleimige Pfütze Ausgespucktes, direkt vor meiner Nase. Riesig groß fahren die gelben Waggons an mir vorbei. Werden langsamer, halten.
Schuhe steigen aus, braune Herrenschuhe, grüne Pumps, ein Paar Turnschuhe wandern schnell um mich herum. Der Lautsprecher macht eine Durchsage. Ein Hund bellt. Der Druck auf meinem Bauch wird unerträglich. Jemand presst mich an sich, immer noch, ich kann nicht atmen.
„Got you."
Der Engländer. Sein Atem riecht nach Currywurst, ich zappele energisch, der Druck lässt nach. Ich setze mich auf. Auf meinem rechten Stiefel zeichnet sich ein dünner Riss im Leder ab. Die U-Bahntüren schließen sich.

Ein Kindergesicht presst sich von innen an die Scheibe. Süßes kleines Mädchen, blond, mit Hello Kitty T-Shirt. Ich lächle ohne nachzudenken. Das Mädchen streckt mir die Zunge heraus. Die U-Bahn fährt an.
Verdammt. Verdammt. Verdammt.
„What the hell you think you're doing?"
Wonach sieht es denn aus? Ich hätte es geschafft. Ich war ganz nahe dran. Natürlich hätte ich es geschafft. Mein rechter Fuß war schon im Jenseits. Jenseits der Bahnsteigkante jedenfalls. Verdammte Scheiße. Was glaubt dieser Kerl, was er hier macht? Babysitter? Schutzengel? Er ist nur der gottverfluchte Chauffeur! Nur der Fahrer!

8.

„There is only one difference between a madman and me. I am not mad."

Charlotte Bronte

Ich teile mir den Rücksitz mit vier prallgefüllten Aldi-Tüten. Er hat keinen Vorschuss bekommen, also woher stammt das Geld?
„Hast du eine Bank überfallen?"
Grant fährt und schweigt. Ich bin zu erschöpft, um nachzubohren. Butter, Mehl, Zucker. Nudeln, Reis, Salz, Tomaten, Auberginen, Olivenöl, Äpfel, Bananen. Keine einzige Fertigpackung. Kann der Mann tatsächlich kochen? Ravioli aus der Büchse helfen jedenfalls doch nicht gegen Selbstmord.
Vielleicht war's die falsche Dose?
Der Himmel ist grau geworden. Ich ahne den November, der schon um die Ecke wartet, um mich mit feuchtkühler Hoffnungslosigkeit zu überziehen.
Es kostet so verdammt viel Kraft.
Es tut so weh, immer wieder zurückgepfiffen zu werden, wie ein Hund, der nicht gehorcht. Und Herrchen redet nicht mit mir.
So, wie er mich aus der U-Bahn hinaus und auf den Rücksitz meines Minis geschleppt hat, so zerrt er mich auch wieder ins Haus hinein. Als wäre ich ein Welpe, der sein Geschäft auf dem Wohnzimmerteppich gemacht hat.
Wird Grant jetzt meine Nase in mein getrocknetes Blut von gestern stupsen? Die Treppe hoch ins Badezimmer. Grant hat seinen Techniker-Blick aufgesetzt.
Ich möchte kotzen. Ich möchte sterben.
„Los, Roxanne, schrubb dir das Zeug runter."

Er mag Sting also auch. Ist das der berühmte britische Humor? Lulu ist jedenfalls keine Nutte. Oder doch?
„Shall I do it?"
Nein. Nicht schon wieder die Baby-Nummer. Ich habe einen letzten Rest Würde, ein Quentchen Selbstrespekt bewahrt.
So viel ist sowieso nicht mehr übrig. Grant geht. Ich sehe in den Spiegel. Wimperntusche überzieht meine Wangen wie ein schwarzes Spinnennetz. Das Zeug sollte eigentlich wasserfest sein. Mechanisch fange ich an zu rubbeln und zu reiben. Mein Gesicht nackt zu machen. Lausche den Geräuschen aus der Küche. Grant nimmt seinen Job verdammt ernst. Warum ist er noch hier? Die paar lausigen Piepen können es doch nicht sein, oder? Engländer sind mir ein Rätsel. Sagen nie viel, aber wenn's drauf ankommt, sind sie zur Stelle. Leider.
Ich ziehe ein Paar Jogginghosen an, greife wahllos ein altes, schwarzes T-Shirt aus dem Schrank und schlurfe hinunter, um das Rätsel zu lösen.
In der Küche tut sich Erstaunliches. Grant räumt das Besteck aus meinen Schubläden. Nicht alles: nur die Messer, Gabeln, Rouladennadeln. Löffel dürfen bleiben. Die Küche als Fundus für den Abgang. Warum ist mir das nicht schon längst eingefallen? Er füllt methodisch die leeren
Aldi-Tüten und sieht mich nicht an. Greift nach dem Messerblock, zögert. Leert dann schwungvoll alles in die Tüte hinein. Das wird ihm das Kochen erheblich erschweren.
Und was mache ich jetzt? Eine kleine Panik springt mich an. Sie hockt auf meinem Rücken und drückt mir mit den Armen die Kehle zu. Jemand lässt die Decke herunter. Die Wände rücken näher. Ich bin mitten in

„Die Grube und das Pendel", kriege keine Luft mehr. Edgar, ein bisschen Opium, schnell... Dann der rettende Gedanke. Was ist eigentlich mit meinem süßen, kleinen Schweizer Taschenmesser passiert? Bestimmt nur in eine Sofaritze gerutscht. Übersehen, vergessen. Ganz allein im Dunkeln.

Ich stolpere rückwärts aus der Küche, will das Geklapper nicht mehr hören, schleiche ins Wohnzimmer, die Panik hat ihren Griff schon ein bisschen gelockert. Ich grabe meine zitternde Rechte zwischen samtige Sofapolster und stoße auf Gold. Schweizer Taschenmessergold. Buddele es aus, küsse meinen leicht blutverkrusteten Schatz und versenke ihn tief in meiner Hosentasche. Gerettet. Die Panik verzieht sich beleidigt. Die Luft schmeckt nach Staub und Spülmittel.

In der Küche geht die Räumungsaktion weiter. Ohne mich. Ich ziehe mich am Treppengeländer wieder nach oben. Mein Schatz, ein beruhigendes Gewicht an meinem Oberschenkel. Wir beide werden uns nicht mehr trennen. Bis das der Tod uns scheidet.

9.
„I have been brought up and trained to have the utmost contempt for people who get drunk."
Winston Churchill

Der Schreibtisch hat noch mehr Staub angesammelt. Aber mein Laptop ist noch an. Wartet freudig gespannt auf etwas, das nicht kommen wird.
Ich setze mich auf meinen rolligen Stuhl und versuche zu fühlen, wie das war. Als ich es noch konnte. Nur schreiben ist besser als Sex. Wenn deine Geschichte danach drängt, auf's Papier zu kommen. Wenn die Figuren in deinem Kopf herumlaufen, getrieben von ihren Ängsten, ihren Wünschen, ihrem Hass. Ihrer Liebe. Wenn sie hinauswollen. Endlich losrennen. Und du machst dich ganz locker. Entspannst dich, denkst an gar nichts. Dann kommt es. Fließt aus dir heraus, hört gar nicht mehr auf, treibt dich an, immer weiter, immer schneller, immer höher.
Du rennst deinen Geschöpfen hinterher, die ab und zu mal über die Schulter blicken, nur um zu sehen, ob du noch folgst.
Und das tust du. Du kannst gar nicht anders. Bis die Geschichte erzählt ist, die Szene vorbei, bis die Figuren zur Ruhe kommen. Bis zum Ende.
Vorher willst du nicht schlafen, nicht essen, nicht trinken. Nachher sitzt du an deinem Schreibtisch (wo warst du? In einem Bordell? In einem Waisenhaus? In Berlin? In Hongkong? In Kanada?), verschwitzt, glücklich und lauscht dem Abklingen deiner Erregung hinterher. Weißt, du hast etwas Fantastisches geschaffen, etwas, das deine Leser packen und sie durch die Mangel drehend wird. Und sie werden jeden Moment davon genie-

ßen, auch wenn es ihnen Albträume bescheren sollte. Das ist es. So muss schreiben funktionieren.
Ich erinnere mich.
So bist du entstanden, Janus. Und so lebst du immer noch. Rennst hier draußen herum, weil ich es nicht schaffe, deine Geschichte zu Ende zu erzählen.
Wann hast du es das letzte Mal versucht?
Ist eine Weile her. Ort und Zeit der Handlung, Plot, Perspektive, Figuren, Dialog, Thema. Spannungsbogen. Alles muss sitzen, bevor ich auch nur daran denken kann, loszurennen und in den großen Schaffensrausch einzutauchen.
Es geht nicht. Ich krieg's nicht mehr zusammen. Die Fäden sind zu einem dicken Wust verknotet und noch nicht mal Ariadne hätte hier noch rausgefunden.
„Good Girl."
Der Engländer. Ist auf leisen Einbrechersohlen die Treppe hochgeschlichen, hat mich im Arbeitszimmer entdeckt und bringt mir... ein Sandwich?
„Ich bin doch kein Hund. Wenn du das noch mal sagst, erschlage ich dich mit meinem verdammten Synonymwörterbuch."
Er stellt ungerührt den Teller neben meinen Laptop. Tatsächlich. Der Earl of Sandwich wäre stolz gewesen: Weißbrot ohne Rinde, in akkurate Vierecke geteilt.
„Schinken und Käse."
Fehlt nur noch ein Glas Milch.
Grant deutet auf den Laptop, wo gerade Shaun das Schaf den Bildschirm schont und Kapriolen macht.
„Don't cry. Work."
Ratschlag eines Versagers an einen anderen Versager. Wie kommt dieser Ex-Knacki dazu, mir gute Ratschläge zu geben? Grant muss etwas von meinen Gedanken in

meinem Gesicht gelesen haben, wahrscheinlich ist der Newsticker wieder aktiv. Er verschränkt die Arme vor der Brust. Sein Räuspern klingt kämpferisch.
„Ich habe schon viele untergehen sehen. Aber du hast eine ganz besondere Gabe, ein Talent. Don't waste it. Fight!"
Shaun grinst und wackelt mit dem Puschelschwänzchen. Ich bin beeindruckt, werde aber eher sterben als es zuzugeben. Grant hat so einen Unterton in seiner Stimme gehabt, als ob er es wirklich meint.
„Ist der pep talk vorbei, coach?"
Grant tut das, was er am besten kann: Schweigen. Aus den Sandwiches tropft hellgelbe Mayonnaise. Er hat tatsächlich jedes Viereck mit einem Cocktailspießchen festgesteckt. Ich sehe ihn an, er sieht die Spießchen an. Beugt sich über den Teller und pflückt jedes einzeln wieder heraus. Schließt seine Hände um das dürre Plastik. Damit könnte ich mir höchstens einen eitrigen Pickel aufstechen.
„Dinner at seven."
Spricht's und geht.
Was habe ich mir da nur eingehandelt? Ich plane meinen Selbstmord, meine Entleibung, meinen Suizid und lade mir einen aufdringlichen Hausdiener auf? Zu weich für diese Welt. Zu wenig zielstrebig. 'Nein' sagen konnte ich auch nie besonders gut. Janus, der seinen Lieblingsplatz am Fenster nicht verlassen hat, schüttelt den Kopf. Über mich?
Ich mag ihn. Er hat recht.
Auch du, Brutus, mein Sohn?
Ich will leben.
Pech. Und dieses Sandwich ist trocken. So trocken, das mir einfällt, wo ich meine stille Reserve versteckt habe.

Rotwein im Bücherregal?
Zu irgendwas muss Kindlers Literaturlexikon doch gut sein und als Flaschenversteck eignet es sich hervorragend. In meiner Schreibtischschublade... ein Korkenzieher. Die kluge Frau ist eben auf alles vorbereitet.
Den Brieföffner hier hat Grant übersehen. Die Schere auch. Macht nichts. Ich habe meinen Schweizer Freund in der Tasche und eine Flasche Shiraz an den Lippen. Wer braucht schon Gläser? Die Aromen explodieren auf meiner Zunge: Frucht, Schokolade, Holz. Es rinnt wie von selbst meine Kehle hinunter, wärmt meinen Magen und schläfert das Monster ein. Keine Furcht mehr. Oh Bacchus, oh Dionysos: Euch bete ich an.

Als Grant wieder hoch kommt, ist die Flasche leer. Ich habe mich in meinem Lesesessel zusammengerollt und halte sie fest. Ist irgendwie beruhigend.
Der Sessel schaukelt in einer leichten Dünung vor sich hin. Mein Arbeitszimmer, das weite Meer. Die Titanic bereits leicht angeschlagen.
Janus sitzt am Schreibtisch und spielt mit der Computermaus. Er hat aufgegeben. Glaube ich. Die Hoffnung stirbt zuletzt.
Der Engländer wirft nur einen kurzen Blick in meine Richtung. Sein technisches Problem erweist sich als hartnäckig. Vielleicht sollte er aufgeben und es verschrotten? Grant verdrängt Janus von seinem Platz, setzt sich hin und klickt sich in meinen Laptop ein.
„Versuchs mal mit dieser HotLove Seite. Sollte auch was für dich dabei sein. Manche Frauen stehen auf Boxertypen."
Ich kichere selig. Ein freundlicher Vorschlag.
„Shut up."

Das war nicht nett. Was macht er da überhaupt? Sieht er sich meine Ordner mit den Szenen an, die ich für „Dunkelkind drei" geschrieben habe? Ich will ihn nicht an meinem Schreibtisch. Ich will ihn nicht in meinem Leben.
„Das ist privat. Geh weg da!"
Meine Stimme klingt quabbelig und leise. Viel zu leise.
Ich stehe auf, und das Meer erhebt sich voller Zorn. Die kleinen Wellen werden plötzlich so groß wie die Bürotürme am Potsdamer Platz. Ich rudere mit den Armen, vergeblich. Ich falle, sinke. Würde noch schnell eine Flaschenpost aufgeben, wenn ich könnte. Ehrlicher Finder, komm und rette mich. Ein paar Tropfen Rotwein verlaufen sich auf den Dielen. Vielleicht, wenn ich hier einfach liegen bliebe, ganz still und so tun würde, als gäbe es mich gar nicht?
Plötzlich beben die Bretter.
Grant bringt ein Räuspern zustande, das nach Herablassung klingt.
„Disgusting."
Ein Paar schwarze Männerschuhe stehen vor meinem Gesicht. Der linke ist vorne, an der Schuhspitze, etwas abgeblättert. Eine Hand erscheint vor meinem Gesicht.
„Ich kann alleine aufstehen", teile ich ihr mit.
Nein, kann ich nicht. Das Meer ist immer noch unruhig. Aber Grant ist da: hello sailor. Ganz der englische Gentleman, immer zur Stelle, wenn eine Lady in Not ist. Dürfte nur nicht so grob sein. Nicht so an mir rumzerren, aus dem Zimmer raus, die Treppe runter. In die Küche und ich muss zugeben, irgendetwas duftet hier sehr verlockend. Kommt vom Ofen. Er hat eine Kerze auf den Küchentisch gestellt? Sogar eine Flasche Wein geöffnet und die guten Gläser gefüllt? Das nenne ich

Service. Doch ehe ich mir mein Glas nehmen kann, hat Grant es sich schon geschnappt. Bringt es zum Ausguss, schüttet es weg. Füllt das Glas mit Wasser aus dem Hahn und bringt es mir wieder zurück. Ich bin zu überrascht und zu besoffen, um zu protestieren.
„Sit down."
Längst passiert. Auch in der Küche schwankt die See. Ich atme tief, versuche, mich zu beruhigen.
Neben den Tellern: ein Löffel. Es gibt eine Pastete, goldgelb überbacken, gefüllt mit einem würzigen Gulasch. Dazu grünen Salat, mit Öl getränkt. Ich habe noch nie versucht, Salat zu löffeln.
Grant füllt unsere Teller und beginnt das, was er auf seinem angehäuft hat, in sich hineinzuschaufeln. Ich habe plötzlich doch noch Hunger. Es riecht einfach so gut nach gebratenen Zwiebeln und frischer Teigkruste. Zögernd probiere ich. Es ist unerwartet essbar.
Doch nach wenigen Bissen schlägt mir die schweigende, konsequente Futtervernichtung meines Gegenübers auf den Magen. Ich lege den Löffel zur Seite.
„Eat."
Nein, danke.
„Schmeckt es dir nicht?"
Endlich habe ich seine volle Aufmerksamkeit.
„Zu viel Butter im Teig, zu viel Sahne an der Soße. Und der Salat knirscht im Mund. Wäscht man den in England nicht, bevor man ihn isst?"
Er schmeißt seinen Löffel mit Wucht auf den Tisch, mitten in die Salatschüssel hinein. Etwas regnet auf meine Lippe: Essig.
Grant springt auf. Sein Stuhl kippt um, kracht auf die Terrakotta-Fliesen. Ich bin nicht länger nur ein technisches Problem, ich bin der Supergau. Grants Wut

brennt sich rotglühend durch mein alkoholumnebeltes Gehirn. Fast bin ich wieder nüchtern.
„You are a sad loser."
„Und was bist du, Mister Einbrecher-wo-nichts-zu-holen-ist-ohne-Freunde-und-Familie?"
„I am out of here!"
„Wenn du wirklich ein Restaurant führen willst, dann musst du das mit den Kundenbeschwerden aber noch lernen."
Grant geht zur Speisekammer, öffnet die Tür, nimmt eine Aldi-Tüte heraus, aus deren Seiten schon die Messerspitzen ragen. Da hat er sie also versteckt? Nicht sehr originell. Er trägt die Tüte zum Küchentisch, dreht sie um und schüttet den glänzenden, spitzen Inhalt darauf aus.
„If you really want to kill yourself, start practising now."
Eine Gabel rutscht mir in den Schoß. Die leere Plastiktüte segelt zu Boden. Grant ist weg. Ich höre ihn drüben im Wunderland. Schwere Schritte, schnelles hin und her. Der Reißverschluss einer Reisetasche wird zugemacht.
Dann geht er an der Küchentür vorbei, seine Tasche in der Hand. Sieht noch mal kurz zu mir rüber, bleibt aber nicht stehen. Sagt auch nichts. Der enttäusche Techniker? Nein. Diesmal nicht. Ich kann den Blick nicht einordnen. Er ist viel zu kurz. Viel zu schnell vorbei.
Grant poltert den Flur hinunter. Die Haustür fällt krachend ins Schloss. Er geht? Er geht wirklich? Ich habe es geschafft. Der Ton zittert durchs Haus und stirbt.
Augenblicklich senkt sich die Stille von leeren Zimmern in mein Herz.
Das Haus dehnt sich aus, bläst die Wangen auf, atmet mich ein, eine graue Fusselfrau ohne jede Substanz. Etwas in mir heult 'Aiiinnnsammkeeiiit'!

Einzig das Gewicht der Gabel in meinem Schoß verhindert meine komplette Auslöschung.
Der kommt nicht wieder.
Janus steht am Türrahmen. Er sieht vorwurfsvoll aus. Kein Wunder. Er hat soeben seinen letzten Fürsprecher verloren.
Das Haus atmet aus und schrumpft wieder auf normale Dimensionen zusammen.
Du bist hartnäckig.
Ich bin es wert, zu leben. Meine Geschichte ist es wert, erzählt zu werden.
Such dir jemand anderes dafür. Jemand, der das kann.
Du kannst das.
Nein. Ich kann nicht, und ich will nicht. Ich habe die Schnauze gestrichen voll. Weißt du was? Ich erkläre diesen Tag hiermit zum Tag, an dem ich meine beschissenen Quälgeister los werde. Und zwar alle. Mit Grant habe ich angefangen und jetzt bist du dran. Ich weiß auch schon, wie.
Was hast du vor?
Ich stehe auf, lege die Gabel auf den Tisch, gehe zur Speisekammer. Nehme die restlichen Tüten heraus und schütte deren Inhalt auf den Küchenfußboden. Ein lustiger Haufen potentiell tödlicher Dinge wie Knoblauchpressen, Büchsenöffner, Suppenkellen und Käsereiben türmt sich auf. Grant muss eine Menge Phantasie haben. Wie zum Teufel sollte ich mich mit einer Knoblauchpresse umbringen? Kleinhacken und einzeln durchpressen?
Ich werde Tüten brauchen. Viel mehr Tüten. Doch für's Erste reicht es. Ich raffe das Plastik zusammen und gehe mir den Kamin im Wohnzimmer ansehen. Ist schon lange unbenutzt und wann er das letzte Mal geputzt

wurde, weiß ich nicht. Hinterm Haus gibt es auch noch ein bisschen Feuerholz. Hat Matthew aufgestapelt. Doch der Kamin ist viel zu klein. Ich will ein richtiges Feuer, ein ordentliches. Ein Großes. Eins, das mein Scheitern zu Asche verbrennt und die Stimmen in meinem Kopf endlich zum Schweigen bringt.
Tu das nicht, Maxi. Oder nimm wenigstens die Rechnungen.
Diese Stimme zum Beispiel. Aber trotzdem eine gute Idee. Die Rechnungen kommen auch mit rein.
In den Flur, die erste Tüte vollstopfen. Staub kribbelt in meiner Nase, Hochgefühl erfasst mich. Dann muss ich niesen. Feuer. Reinigend, alles verzehrend. Wenn ich nicht solchen Schiss vor den barbarischen Schmerzen hätte, würde ich mich am liebsten gleich mitverbrennen. Ich suche mir ein Plätzchen etwas weiter hinten im Garten, von des Nachbarn dichter Hecke geschützt. Weit genug weg von Bäumen und Ästen. Ich will nicht alles abfackeln.
Leere meine erste Tüte auf dem Rasen. Ein klägliches Häufchen. Holz, ich brauche Holz. Und mehr Papier. Viel mehr Papier.
Die Ordner im Arbeitszimmer sind ergiebiger. Recherchen, Hintergrundmaterial. Ideensammlung. Charakterstudien, Bilder. Ich habe mir Fotos von Schauspielern aus dem Internet geholt, zur Anregung für meine Charaktere. Weg damit. Ein Krimi, an dem ich mich mal versucht habe, mit einem grausamen Unterweltboss und dessen naivem Handlanger. Schlecht geraten. Ist nicht mein Genre. Dann ein paar Kurzgeschichten, unreif, ohne Pointe. Und hier: kindische Versuche, einen 'richtigen' Roman zu schreiben. Träume vom Hannelore-Flussfrau Preis. Anerkennung durch den Literaturbetrieb. Interviews in renommierten Magazinen. Hah! Tot-

geburt. Hat nie richtig gelebt, auch wenn ich mir alle Mühe gab. Blasse, konstruierte Figuren, hatte Ida angemerkt. Ida, der ich vorschnell meinen ersten Entwurf in die Hand gedrückt habe. Ich solle doch bei dem bleiben, was ich könne. (Was ihr Geld einbringt). Weg damit.
Meine Tüten quellen über. Ich muss zweimal runter in den Garten, ein Henkel reißt. Aber der Papierhaufen sieht schon viel besser aus. Noch ein paar Scheite Holz. Jetzt das „pièce de résistance". Der krönende Abschluss. Meine Notizen zu den „Dunkelkind-Bänden". Meine Entwürfe, meine Recherchen, mein Hintergrundmaterial. Das gibt dem Ganzen doch erst das nötige Gewicht. Ein herbstlicher Scheiterhaufen.
Ich bewundere mein Werk, bin ein wenig außer Atem. Kater hat sich ebenfalls herangeschlichen. Wenn was los ist, will er dabei sein. Seine grünen Augen spiegeln die Flammen wider. Langsam wird es dunkel. Genau die richtige Zeit.
Neben mir steht Janus.
Maxi?
Nein. Ich will nicht mehr. Schluss mit den Selbstzweifeln, den Quälereien.
Bitte.
Wo sind die Streichhölzer? Ich hatte mir doch eben welche in die Tasche gesteckt? Da. Ich muss nur meine Hände stillhalten. Na also, geht doch. Und so schnell.
Die Flamme springt auf, frisst, teilt sich, teilt sich wieder, das Feuer ist ein hungriger Kritiker, Richter und Vollstrecker in einer Person. Da geht er hin, der Bachmann Preis. Fort mit den Kurzgeschichten.
Janus heult. Das ist ein trauriger Anblick für einen so großen, starke Mann. Aber er ist immer noch da. Und es geht mir alles viel zu langsam. Womit könnte ich es be-

schleunigen? Alkohol! Ich habe noch eine halbe Flasche Rum da. Mmh, riecht nach Feuerzangenbowle.
Wow! Eine Stichflamme, die jedem Nachbar im Umkreis aufgefallen sein muss. Kater flüchtet raschelnd in die Büsche. Ich glaube, ich habe mir die Nase angesengt. Ich glaube, ich sollte wieder aufstehen. Der Rasen ist kalt und feucht unter meinem Hintern. Aber ich bin müde, und von hier aus sieht es so schön aus. Hell, warm, einladend. Ob es wirklich so schlimm ist, da drin zu sterben?
Meine Worte sterben bereits. Meine Ideen, meine Entwürfe. Meine Kinder, die Guten und die Bösen.
Kleine Papierfetzen tanzen durch die Luft, ein oder zwei neugierige Motten verdampfen. Eine Fledermaus schaut vorbei.
Ich kann Janus nicht mehr sehen.
Strecke meine Hand aus, halte sie in die Flammen, bis es wehtut. Sofort. Ziehe sie zurück. Es riecht nach angekokeltem Fleisch. Blöde Idee. Ich schüttele meine Hand aus.
Halloween hat keltische Wurzeln. „Bonefires", Knochenfeuer, haben sie das genannt, ihre Brände. Nun, meine Knochen kommen da nicht rein. Jedenfalls nicht lebendig. Aber es ist schön, dieses Feuer. Rot gegen die graue Dunkelheit ringsherum. So lebendig, so hungrig. Es will noch mehr fressen, es will wachsen. Kein Problem.
Da gehen sie hin, meine Geschichten, in denen ich gelebt habe, in die ich eingetaucht bin. Das konnte ich mal, das liebte ich mal, und ich konnte schreiben, alles loslassen, mich verlieren in meine Personen, meinen Charakteren, meinen Welten. So lebendig, bunt, so real, Fleisch, Blut, Liebe, offene Wunden. Aber ich kann

nicht mehr schreiben, nicht mit Tabletten. Alles grau und neblig, nicht ohne Tabletten, alles zu bunt, knallt mir den Kopf weg.
Ich will nicht mehr, ich will das nicht mehr, ich räume jetzt auf und ich verbrenne alles, alles.
Wer braucht schon Bücher, wer braucht eine Bibliothek, Virginia Woolf, Sylvia Plath und alle die anderen Nieten, ich räume alles aus, ich verbrenne den ganzen Müll.
Wenn ich Keltin wäre, könnte ich jetzt den Verlauf des Winters aus den Flammen herauslesen. Wenn ich Keltin wäre, könnte ich auch den Verlauf meines Liebeslebens aus den Flammen herauslesen.
Aber ich muss gar keine Keltin sein. Ein ewiger, eiskalter Winter steht mir bevor und mein Liebesleben wird ebenso tot sein wie ein eingefrorenes Mammut.
„Bloody hell, Maxi. What are you doing?"
Sieh an, Grant ist wieder da. Er steht am Feuer, rotes Leuchten tanzt über sein Gesicht, er ballt die Hände zu Fäusten, sieht stirnrunzelnd in die Flammen, das gefällt mir, ein keltischer Stammesfürst in seinem Zorn.
„Ich räume auf."
Der Fürst hört mir nicht zu, er hat etwas in den Flammen gesehen, stöhnt, bückt sich, reißt einen Pappordner heraus auf dem „Dunkel Drei" steht, versucht, die Flammen zu löschen, die an den Seiten knabbern. Hält mir die schwarz angekohlte Ruine anklagend entgegen.
„You're killing your own work!"
Wenn er könnte, würde er mich auf einem blutigen Steinaltar opfern.
Dürfte nur schwierig werden, mir das Herz herauszureißen. Ist nämlich keins mehr da.
„Das ist schon tot."
So tot wie ich.

Soll ich ihm sagen, dass ich alles noch auf einer zweiten Festplatte gespeichert habe? Nein. Es geht ihn nichts an. Ich nehme ihm den Pappordner wieder aus der Hand und werfe ihn zurück in die sterbenden Flammen. Grant zuckt zusammen, doch er sagt nichts. Es ist ohnehin zu spät, das meiste bereits verkohlter Kadaver. Gemeinsam sehen wir zu, wie das Manuskript ebenfalls zu einem wird.
„Warum bist du zurückgekommen?"
„I forgot my mobile."
Ach so. Ich spüre überrascht dem kalten Hauch der Enttäuschung nach, der gerade vorbeizieht.
„Frau Winter?"
Die Stimme kenne ich. Mein Nachbar, der Anwalt. Er hat sich doch tatsächlich durch ein Loch in seiner kostbaren Hecke gezwängt und steht nun auf meinem Rasen. Was gibt es denn heute zu meckern? Geht es um das Unkraut in meinem Garten oder ist es der Apfelbaum, dessen Äpfel auf seinen kostbaren Rasen fallen? Ganz zu schweigen vom Kater, der in sein Rosenbeet pinkelt. Ich hoffe, das tut er gerade wieder.
„Doktor Sprengelmann. Wie sieht es aus, wollen Sie auch was verbrennen? Vielleicht die schmutzige Wäsche Ihrer Klienten? Hier ist noch viel Platz."
Er ist spezialisiert auf prominente Arschlöcher, die mit allem davonkommen. Frau verprügelt, Geliebte vergewaltigt? Doktor Sprengelmann sorgt dafür, dass sie noch nicht mal die Bewährung absitzen müssen.
„Frau Winter, wenn Sie Pflanzenabfälle verbrennen, müssen Sie auch die landesrechtlichen Vorschriften zur Brandverhütung beachten, die unter anderem einen gewissen Mindestabstand der Feuerstelle zu brennbaren und leicht entzündlichen Stoffen festlegen."

Ich höre Grant neben mir verächtlich schnauben.
„Wenn Sie gegen ein Verbrennungsverbot oder gegen die brandschützenden Regelungen verstoßen, begehen Sie eine Ordnungswidrigkeit, gegen die mit Hilfe der zuständigen Behörde oder der Polizei vorgegangen werden kann!"
Sprengelmann kommt näher, seine spitze Nase zuckt neugierig.
„Was verbrennen Sie da eigentlich?"
„Nicht Ihr Bier."
„Doch. Der Qualm zieht auf unsere Terrasse und stört das Barbecue."
Ein Barbecue im Oktober? Der will mich auf den Arm nehmen.
„Mir kommen gleich die Tränen. Wenn Sie sowieso grillen, dann riechen Sie mein kleines Feuerchen hier doch gar nicht."
„Auch andere Nachbarn haben sich bereits beschwert. Rauch ist eine Immission und hiergegen habe ich als Grundstückseigentümer einen zivilrechtlichen Unterlassungsanspruch. Ich könnte Sie anzeigen, aber wenn Sie Ihren Gärtner anweisen, das Feuer zu löschen, will ich von einer Anzeige absehen."
Grant ist neben mir zusammengezuckt. Er mag es wohl nicht, für den Gärtner gehalten zu werden. Und ich mag es nicht, für dumm verkauft zu werden von diesem arroganten Idioten.
'Warum eigentlich Wannsee'? hatte Matthew damals wissen wollen. Aber ich bin hier groß geworden. Unter lauter Anwalts-, Arzt- und Filmschauspielerkindern. Eingebildete kleine Drecksäcke, einer schlimmer als der andere. Und ich zwischen allen Stühlen: klein, dick, Vater Buchhalter, Mutter Hausfrau. Ein Nichts. Nebenan von

uns wohnte ein stadtbekannter Synchronsprecher. Dessen Sohn war meine persönliche Nemesis. Er hat eine Bande angeführt und mir regelmäßig nach der Schule aufgelauert. Ich habe eine Menge Prügel und viele unschöne Schimpfnamen bezogen (fette Sau war noch das Harmloseste) und mir geschworen, eines Tages wiederzukommen: hübsch, klug, erfolgreich. Genau vor ihren Nasen. Vor ihren Nasen bin ich tatsächlich gelandet. Aber alles andere? Fehlanzeige.
Und nun steht dieser Knilch hier und will mich anzeigen? Soll das alles wieder von vorne losgehen? Glaubt er, er kann mich einschüchtern?
„Na los, Sprengelmann, komm doch. Mach es selbst aus, wenn du dich traust!"
„Maxi?"
Grant hat eine Hand auf meinen Arm gelegt. Ein dezenter Hinweis darauf, dass er nicht vorhat, mich weiter kommen zu lassen. Aber das macht nichts, denn ich bin schon weiter. Viel weiter, als er glaubt.
Reiße mich los und laufe auf den Anwalt zu. Einmal in meinem Leben will ich Rache nehmen für das kleine, dicke Mädchen, das ich war. Für die Demütigungen, die Witze, die herablassenden Blicke, die mir so wehtaten. Mein schlimmster Albtraum damals? Nackt vor meiner Klasse zu stehen und in einer Hölle aus Gelächter zu krepieren.
Grant ist dicht hinter mir, aber ich werde es schaffen. Oder? Der Anwalt tritt einen Schritt zurück, doch er hält stand. Wunderbar. Er soll genau da bleiben, da will ich ihn haben, da... etwas drückt mir von hinten die Luft aus den Lungen, schon wieder, stoppt mich in vollem Lauf und umklammert mich wie eiserne Fesseln.
„Grant, lass mich los. Verdammt!"

Ich habe keine Chance.
„Cool down, he's not worth it."
Einmal, einmal in meinem Leben. Ich zappele, strampele, werfe meinen Kopf hin und her. Grant hält eisern fest.
„Sie sind ja krank", sagt Dr. Sprengelmann.
Es liegt so viel Verachtung in seinem Blick, das ganz plötzlich alle Energie aus mir entweicht.
Ich kann sie nicht festhalten, ich kann gar nichts mehr festhalten, noch nicht einmal mich selbst. Der fette kleine Teufel in Armani hat mich vernichtet.
„Am besten, Sie sperren diese Verrückte ein."
Ich weiß nicht, was Grant getan hat, hinter mir. Den Anwalt nur angesehen? Muss ein böser Blick gewesen sein, denn Sprengelmann macht einen Schritt rückwärts, dann noch einen.
„Sie hören von mir."
Der Teufel quietscht, droht mit der Faust, stolpert, fängt sich wieder. Dreht sich um und quetscht sich durch die Hecke. Das Letzte, was ich sehe, ist sein dicker Hintern in hellgrauem Stoff.
„Asshole", sagt Grant.
Er hält mich immer noch fest, aber ich fühle mich nicht mehr eingeengt. Sein rechter Arm um meine Taille, sein Linker um meinen Oberkörper.
Etwas Hartes in seiner Brusttasche, klein, länglich. Sein Handy? Grant bewegt sich hinter mir, zieht mich ein wenig fester an sich. Und einen Moment lang ist da sein warmer Atem auf meinem Hals, streifen seine Lippen meine Wange. Kurz nur, so kurz, dass es gar nicht wahr ist.
Dann lässt er mich los. Der Wind riecht nach Asche und Rauch.

10.
„If you aren't in over your head, how do you know
how tall you are?"
T. S. Eliot

Ich habe Hunger. Mein Inneres ist ein schwarzes Loch, das alles Essbare anzieht und verschlingt. Die Pastete schmeckt auch kalt noch. Ich löffele sie gleich am Herd aus der Form heraus.
„Shepherd's Pie", sagt Grant.
Er sieht mir zu und diesmal sind seine ewig düsteren Mundwinkel eindeutig nach oben gerutscht.
„Die Kruste besteht aus Kartoffelpüree, gefüllt ist sie mit Lammfleisch in einer Soße aus Rinderbrühe, Tomatenmark, Rotwein, Olivenöl und Worcestersauce."
Rotwein? Ich hoffe, er hat nicht meinen letzten Shiraz verbraucht.
„Ein typisches, sehr beliebtes Gericht der englischen Küche."
Eine leere Auflaufform. Ich lasse meinen Blick kurz über das Küchenchaos schweifen, entdecke die halbvolle Rotweinflasche. Grant sagt nichts, als ich mich mit einem Glas an ihm vorbei drängele und mich dahin verziehe, wo ich mich sicher und geborgen fühle: mein rotes Sofa im Wohnzimmer. Ich fülle großzügig mein Glas. Ist mir doch egal, was der Engländer tut. Soll er sein Handy nehmen und verschwinden. Ich trinke. Höre meinem eigenen Atem zu. Trinke. Grant bewegt sich in der Küche, er ist im Flur, er kommt herein. Setzt sich in die andere Sofaecke, hält mir ein leeres Weinglas entgegen. Er hat dunkle Ringe unter den Augen, und auf der Stirn sind mindestens zwei neue Falten erschienen. Ich verleugne meine Erleichterung ob seiner Anwesenheit

und schenke ihm ein. Stelle die leere Flasche ab, hebe mein Glas.
„Auf das Nirvana."
Die Augenbraue ist müde, aber sie hebt sich trotzdem ein wenig.
Die Gläser klingen wie splitternde Knochen. Der Wein schmeckt wie Blut.
Grant hat kräftige Arme, die von feinen Adersträngen durchzogen werden. Ich kann es unter der Haut pulsieren sehen. Leicht zu treffen. Hat er das mal versucht?
In mir regt die Schriftstellerin ihre neugierige Nase, spitzt die Feder, öffnet ihr Notizbuch.
„Darf ich dich was fragen?"
Sein Mund wird schmal. Aber Grant nickt.
„Wie ist das so im Knast?"
Er trinkt. Sieht auf den Teppich, der an manchen Stellen etwas dunkler ist.
„Langweilig."
Die Schriftstellerin klappt ihr Notizbuch wieder zu.
„Keine Gangs, keine Fights, kein 'bück dich nach der Seife' unter der Dusche?"
Grant zittert, kurz aber heftig. Der große, kompakte Kerl neben mir bringt das ganze Sofa zum Beben. Hat er etwas gesehen, ist er selbst ein Opfer?
„You have to be careful."
Er ist wieder ruhig geworden. Trinkt seinen Rotwein, sieht mich an. Versucht ein Lächeln.
„Aber wenn du jedem Knacki eine Playstation hinstellen würdest, dann gäbe es überhaupt keine Probleme mehr im Knast."
Brot und Spiele. Damit wurden schon im alten Rom die Bürger ruhig gehalten.
„You need a dream if you want to survive."

Er steht auf, geht auf den Flur, wühlt in seiner Reisetasche herum. Kommt wieder und zeigt mir ein dickes, zerfleddertes Buch.
„Das ist mein Lebensretter gewesen in den letzten acht Jahren."
Ich betrachte das angeknabberte Titelbild. „Delia Smith's Complete Cookery Course." Eine Frau, die eine schrecklich altmodische Blümchenbluse trägt, verführerisch lächelt und ein Ei hochhält, als wäre das die Antwort auf alle Fragen.
„Ein englisches Kochbuch?"
„Oh No. Nicht irgendein Kochbuch. It's the Bible of cooking."
Sein Traum von der englischen Küche hat ihn am Leben gehalten? Manche Leute brauchen nicht viel. Grant setzt sich neben mich. Nah. Sehr nah. Ich kann die Hitze seines Körpers spüren. Ein leichter Brandgeruch in seinen Haaren.
Er öffnet das Buch mit der rechten Hand und schiebt seine Linke, beiläufig aber nachdrücklich, zwischen meine Beine. Lulu quietscht entzückt. Ich verschütte beinahe den Rest Rotwein. Mein ganzes Dasein verlagert sich schlagartig nach unten. Ich versuche, meine Atmung wieder in den Griff zu bekommen. Lulu fleht mich an, mitzuspielen.
„Die englische Küche ist nicht gerade berühmt für ihre Schmackhaftigkeit. Ich meine, wer isst schon gerne Pommes mit Essig oder Gemüse ohne Salz?", sage ich mühsam.
Die Hand rührt sich nicht. Liegt nur da, groß, schwer und warm.
„Fish and Chips, ekelhaft. Pappige Panade, weiche Pommes, alles in Salz und Essig ertränkt."

Ich bin gut. Die Hand ist besser. Sie tut gar nichts und bringt mich völlig aus der Fassung. Grant beachtet mich nicht. Er ist mit seinem Kochbuch beschäftigt.
„You have to know what you're doing. Das schmeckt nicht überall gleich gut. Ist wie mit eurer Currywurst. Du musst nur wissen, wo."
Ein Finger bewegt sich, streicht sacht, zielsicher über meine Oberschenkel. Grant weiß ganz genau, wo.
„Am besten ist home cooking. Hier, Steak and Kidney Pie. Rindergulasch und Rindernieren in Bier gegart und im Blätterteigmantel gebacken."
Lulu kann sich nicht mehr beherrschen, ich muss mich bewegen. Meine Schenkel ein wenig öffnen, die Hand dazu verleiten, ihre Erkundungstour fortzusetzen.
„Don't move", sagt Grant, ohne mich anzusehen.
Ich erstarre. Aber ich habe mein Ziel erreicht, der Weg ist frei. Die Hand bewegt sich, höher. Und höher.
„Das ist auch gut: Räucherlachs-Mousse mit Butter, Mehl, Milch, Zitronensaft, schwarzem Pfeffer und Crème double."
Eine kleine Sonne strahlt in meinem Schoß, wärmt meinen ganzen Körper. Der Koch hat den Herd angestellt.
„Die Süßspeisen. Apple Crumble, den wirst du lieben. Gekochte Apfelscheiben mit Streuseln aus braunem Zucker, Ingwer und Vollkornweizenmehl. Dazu Schlagsahne."
Mir steht der Sinn nicht nach kulinarischen Genüssen. Ich leide wahre Höllenqualen, weil ich nicht das tun kann, wonach mein ganzer Körper sich sehnt: Meine Jeans ausziehen und die Schenkel fest um diese Hand schließen. Ich traue mich nicht. Was, wenn er aufhört? Jetzt ist es an mir, mich zu räuspern. Meine Kehle ist trocken.

„Du willst doch nicht etwa behaupten, du hättest im Knast ein Kochbuch gelesen? Acht Jahre lang?"
„Gelesen. Auswendig gelernt. Die Augen geschlossen und gekocht. Ich habe immer schon gerne gekocht. Ich kann gut Chinesisch."
Wie wär's mit Französisch? Die Hand bewegt sich. Nur ein bisschen, nur eine leichte Verstärkung des Drucks. Aber diese kleine Bewegung reicht aus, um die Temperatur im Backofen schlagartig emporschnellen zu lassen. Das kann man nicht mal mehr mit Topflappen anfassen.
„Am Ende unserer Straße war ein Fish'n'Chips Shop: „Chau's Chippy." Da bin ich hin, wenn meine Mutter mal wieder einen Kerl aus dem Pub nach Hause brachte. Der alte Chau mochte mich. Und in der Hinterstube vom Laden hat seine Mutter gekocht."
Die Hand bewegt sich. Sanfte, feste Kreise.
„I was allowed to help. It made me quiet inside, the cooking did. Schälen, schnipseln, hacken. Kochen, braten. Duft, Geschmack. Genuss. I was finally at home."
Beim letzten Wort zuckt mein Unterleib von ganz allein seiner Hand entgegen. Der Koch fürchtet die Hitze nicht. Er heißt sie willkommen.
„Open your jeans", flüstert Grant.
Sieht immer noch sein Kochbuch an, als ob es keinen schöneren Anblick gäbe.
Mich zum Beispiel, wie ich mit rotem Gesicht an dem blöden Reißverschluss herumzerre.
Doch als ich ihn endlich aufhabe, findet Grants Hand mühelos ihren Weg in meinen Slip hinein. Grants Daumen streicht über den Temperaturregler hinweg. Ich zucke heftig zusammen.
Der Daumen kreist um den Punkt herum, erst langsam, dann immer schneller werdend.

„Damals habe ich zum ersten Mal von einer eigenen Küche geträumt. Einem eigenen Restaurant", sagt Grant.
Er hat mich zusammengerührt und nun koche ich über. Will eigentlich 'ich verstehe' sagen, doch, was aus mir herauskommt, hört sich an wie ein pfeifender Kessel.
„Iihhhaaahhhjaaaaaaa."
Ich füge noch „nicht aufhören" hinzu, aber genau das tut er.
Endlich lässt Grant sein Kochbuch fallen, endlich öffnet er seinen Gürtel, seine Hose, zerrt genauso daran herum wie ich zuvor, das freut mich, dann ist er auf mir, in mir. Lulu kann gar nicht schnell genug die Beine auseinanderkriegen, und zum ersten Mal bin ich mit ihr einer Meinung. Die Sofalehne bohrt sich in meinen Nacken, der Holzrahmen knirscht. Egal. Ich bin ausgefüllt, erfüllt, ich liebe es, jede Sekunde, er bewegt sich in mir, es ist gut, es ist so gut... schnell, hart und heftig.
Acht Jahre ohne Frau. Ich kralle meine Finger in seinen Hintern und wünsche mir, es wären mehr gewesen. Viel mehr. Er küsst mich so hungrig, als wäre ich das Ergebnis eines besonders gelungenen Rezeptes. Ich koste den Schweiß auf seiner Haut. Ich will ihn. Tiefer, härter. Ich bin unersättlich, kann nicht genug bekommen.
Seine Arme zittern, er stemmt sich hoch. Ich ziehe ihn wieder auf mich herunter, will von seinem Gewicht begraben werden. Grant räuspert sich, tief und kratzig. Keine Zeit für Worte. Gemeinsam schaukeln wir das alte Sofa ins Nirvana.
„Zabaione", sage ich schließlich zu seinem verschwitzten Kopf zwischen meinen Brüsten.
„What?"
Er ist atemlos, genauso atemlos wie ich. Das freut mich.

„Eine italienische Nachspeise. Die mag ich."
Ich streiche über seine Schultern, seinen Rücken. Spüre den Muskelsträngen unter seiner warmen, feuchten Haut nach.
Aber noch viel interessanter ist das Tattoo auf seinem Oberarm. Ein sich windendes schwarzes Echsentier mit gespaltener Zunge.
„Was ist das, Grant?"
„Ein Gecko."
„Nett."
„Ein Glücksbringer."
„Mmh. Kann man die essen?"
Ich ernte ein belustigtes Brummen. Er hat schöne Lippen. Seidenweich wie feingesiebtes Mehl.
„Küss mich."
Er tut es mit erschöpfter, zärtlicher Hingabe. Dann fällt ihm etwas ein.
„Zabaione ist bullshit. Ich kann was viel Besseres. Das beliebteste Dessert Großbritanniens."
„Pommes mit Schokoladensoße?"
„No. Black Forest Gateau."
„Schwarzwälder Kirschtorte?"
„Yep."
Die spinnen, die Briten.

11.

„"Yes," I answered you last night; "No," this morning, sir, I say: Colors seen by candle-light Will not look the same by day."
Elizabeth Barrett Browning

Jerry Lee Lewis protestiert:
„...you shake my nerves and you rattle my brain..."
Ich bin nicht wirklich ein Fan von Rock'n'Roll. Doch meine Gehörgänge werden ebenso gnadenlos attackiert wie meine Geruchssinne. Es riecht nach Fett. Penetrant und unausweichlich. Gebratener Speck. Die Uhr neben meinem Bett verkündet halb neun. Ich drehe mich noch einmal um, schließe die Augen wieder.
„...I want to love you like a lover should..."
Der Platz neben mir ist leer. Aber es ist eine benutzte Leere, eine verknautschte, schweißige 'gerade-war-ich-noch-in-dir' Leere. Was habe ich getan? Ich will mich umbringen, nicht noch mal von vorne anfangen mit dieser ganzen Hoffnungsscheiße.
„...goodness gracious, great balls of fire..."
Ich stehe auf, gehe zum Fenster und sehe in den Garten hinunter. Es regnet.
Hinten, mitten auf dem nass glänzenden Rasen ein hässlicher, schwarzer Flecken verbrannter Erde, garniert mit Asche und halb verbrannten Büchern.
Kein Janus.
Ich ziehe mich an, Jeans und T-Shirt. Gehe runter. Grant hat die Küche zum Leben erweckt. Auf dem Herd zischt etwas in der Pfanne. Der Küchentisch ist für zwei gedeckt, die Lampe darüber wirft einen heimeligen Schein auf scharfe Gegenstände.
„Good Morning", sagt Grant.

„Morning, Jerry", sage ich.
Er grinst. Lulu möchte ihn bespringen, auf der Stelle.
Ich nehme ein Messer in die Hand und fahre prüfend mit dem Finger über die Schneide. Nicht besonders scharf.
„Sit down."
Er kommt mit der Pfanne an den Tisch und lädt meinen Teller voll mit Schinken, Eiern, Tomaten. Jerry Lee Lewis hat Elvis den Platz geräumt.
„...come back, baby, I wanna play house with you..."
Ich bekomme zwei goldbraune Scheiben Toast. Ein zweiter Topf kommt vom Herd.
„Baked beans."
Auf meinem Teller ist kein Platz mehr. Grant stellt den Topf zurück auf den Herd, setzt sich zu mir an den Tisch und beginnt zu essen. Kaut, schluckt, mit sichtlichem Behagen.
„...I'd rather see you dead little girl, than to be with another man..."
Ich probiere ein paar Bohnen.
„Good?"
„Ja."
Der Regen rinnt von der Scheibe. Draußen wird es immer dunkler, dabei ist es noch nicht mal Mittag.
Wenigstens hält Elvis die Klappe. Das hier kenne ich nicht:
„...I'm so tired of being lonely, I still have some love to give..."
Die Angst vor dem November greift mit langen, kalten Fingern nach mir.
Angst vor Dunkelheit und Kälte, der graue Himmel wie Beton, der tief über der Stadt hängt, Tag für Tag und mir die Luft zum Atmen, die Energie zum Leben raubt.

Die Depression hat einen der unbequemen kleinen Ikea-Sessel im Wohnzimmer in Beschlag genommen. Wartet geduldig und mit einer gewissen Vorfreude. Mein Herz trommelt Warnungen. Ich esse gegen die Angst an, aber es nützt nichts.
„...won't you show me that you really care..."
„Mehr Tee?"
Ich nicke. Versuche, mir Mut zuzusprechen. Herz sei still. Sie wartet vergebens. In diesem Jahr wird es keine Winterdepression für mich geben.
„Wer singt das?"
Grant konzentriert sich, hört zu. Sein Kinn glänzt fettig, seine Augen leuchten. Ein grünes Gefühl sitzt mir an der Kehle. Neid??
„The Traveling Wilburys."
„Gefällt mir."
Grant sieht mich an. Als könne er mich denken hören.
„Ich hatte eine kleine Anlage in meiner Zelle. Ich mag Rock'n'Roll."
Dann, ein leiser Klingelton. 'God save the Queen'. Grant steht auf, nimmt sein Handy aus der Hosentasche, klappt es auf.
Sagt „Yes" und geht aus der Küche.
„...I've been uptight and made a mess, but I'll clean it up myself, I guess..."
Ich stehe auch auf. Gehe zur Terrassentür. Auch von der Küche aus kann man direkt in den Garten gehen. Grant redet leise, aber eindringlich im Korridor auf sein Handy ein. Sagt ein paar Mal „No" und „No way."
Er ist also doch nicht so ganz allein auf der Welt, wie er mir weismachen wollte. Ich wüsste zu gerne, mit wem er da spricht. Eine Freundin?
„...Handle me with care..."

Ich öffne die Terrassentür und atme tief ein. Die Luft ist feucht und belebend. Der Himmel, wenn man ihn genau betrachtet, gar nicht so einheitlich bleiern. Verschiedene Schattierungen von Grau, an manchen Stellen wie luftige Schleier. Immer schön dran denken: Irgendwo dort oben scheint tatsächlich die Sonne.
Grant kommt wieder in die Küche. Ich gucke fragend auf sein Handy. Er ignoriert meinen Blick, steckt den kleinen Apparat in seine Hosentasche.
„What now?"
Gute Frage.
„Schreibst du heute was?"
Verdammt, er ist hartnäckig. Nein, ich schreibe nicht. Ich habe mir gerade den ganzen Müll von der Seele gebrannt und ich bin froh darüber.
„Warum ist dir das so wichtig?"
„Es sollte dir wichtig sein."
War es mal. Heute sind mir andere Dinge wichtig. Mein Aussehen zum Beispiel.
Wie lange war ich nicht mehr draußen, habe mir was Anständiges zum Anziehen gekauft? Ewigkeiten ist das her, genau. Ich muss los, jetzt, sofort. Wohin? Nicht zum Ku'damm, der ist tot. Besser in die Friedrichstraße.
„Galerie Lafitte, Grant. Da fährst du mich jetzt hin."
„Now?"
„Richtig. Bist du nun mein Chauffeur oder nicht?"
Grants Gesicht gleicht der Wetterkarte im Fernsehen, wenn via Satellit die schwarzen Wolken eilig über die Erde fegen.
Sturmwarnung.
Zeit, ein paar Dinge klarzustellen.
„Fahren, kochen. Ich bezahle, du arbeitest. Kapiert?"
Jetzt donnert es.

Grant ballt seine Rechte zur Faust, lässt sie auf der Arbeitsplatte niederkrachen. Was will er von mir? Was will ich von ihm?
Gevögelt und gefüttert werden, für immer und ewig? Nein. Das wird doch nichts. Bleib mir vom Leib. Geh doch. Aber er tut es nicht. Warum? Keiner hat es lange mit mir ausgehalten.
Meine Stimmungsumschwünge, meine Manien. Wenn ich nicht schlafe, ständig rede und tausend geniale Ideen auf einmal habe. Eine anfange, alles liegenlasse. Die Nächste ausprobiere. Oder die Depressionen. Wenn ich gar nicht mehr aus dem Bett komme, weil das Leben zu einer unerträglichen Last geworden ist.
Einer von den Typen hat mich sogar mal einweisen lassen...
Der kochende Boxer weiß gar nicht, was er sich da auflädt. Und ich will nicht dabei sein, wenn er es herausfindet.
Aber heute, hier und jetzt, gehe ich erst mal einkaufen!
Puck freut sich. Schon wieder ein Ausflug. Und Grant fährt, widerwillig, mit gerunzelter Stirn. Der Sturm fügt sich, ist aber noch nicht vorüber gezogen.
Rein in die Stadt. Hin zu meinem Lieblingskonsumtempel.
Grant parkt in einer Seitenstraße und dräut vor sich hin.
„Geh so lange einen Kaffee trinken", schlage ich vor.
Er schleudert mir einen Blitz hinterher, verfehlt mich aber.

Jetzt geht es los, rauf auf den roten Teppich, hinein durch die Glastüren in den Tempel des Kaufrausches, und ich liebe es, ich liebe den Geruch von Parfum, der mich empfängt, Givenchy, Armani, Chanel und Dior, ein Mischung aus Neroli, Vanille und Moschus, das Glitzern des Modeschmucks, ausgefallene Ohrringe, groß, schwer, seidene Schals, ein kühles Blau auf meinem erhitzten Gesicht. Hier die Handtaschen, glänzendes Leder, Lack, rot, gelb, blau, schokoladenbraun und dazu passende Schuhe, und dann die Kosmetik. Ich liebe Puder, weich auf meiner Haut, Farbe rot, Lippenstift. Eine aufmerksame Verkäuferin möchte mich 'ein bisschen auffrischen' und ja, ich lasse mich gerne ein bisschen 'auffrischen', danke der Nachfrage, die Kleine ist höchstens siebzehn und sie guckt meine Falten skeptisch an, aber sie bleibt immer schön professionell und siehe da, sie macht ihre Sache wirklich ausgezeichnet. Ein bisschen Blush, ein bisschen Concealer, Wimperntusche, Lipbalm, Puder, ein zarter Pinselstrich über die Wangen, es duftet nach Zuckerwatte. Ich bin wie verwandelt, ich bin mehr Ich als sonst. Eine Kollegin kommt hinzu und bewundert mein neues Gesicht. Es sieht ganz natürlich aus, ja, ich nehme das Make-up, alles bitte und dieses Parfum, das Sie tragen, noch dazu. Die Kleine ist zum Anbeißen: Teerose und Bergamotte, der Duft heisst 'Art', Kunst und das ist sie, eine Künstlerin. Ich fühle mich wie ein Kunstwerk, und wo sind die Kleider, im ersten Stock? Hochqualitative Damenmode für die Frau von Welt? Von stilvoll-chic bis klassisch-nobel? Genau das brauche ich, danke, ich möchte ein Abendkleid. Ein kleines Schwarzes? Nein, danke, kein Schwarz, ich will etwas Schönes, etwas Auffälliges, etwas, das mich verwandelt, ich will fließende Stoffe, üppige Volants und verführerische Details, oh ja, das Blaue, das ist entzückend, das muss ich probieren, das sieht auch nicht so eng aus, aber meine Unterwäsche ist hässlich. Mein Gott, ich brauche dringend neue Linge-

rie, ich brauche Spitze, Satin, Seide und Samt auf der Haut, Dessous, Bustiers, Corsagen, kein Problem, alles vorhanden. „Agent Provocateur", sexy, verrucht, leider passe ich da nie im Leben rein, aber vielleicht noch eine von den Masken? Die nette Verkäuferin bringt mir ein Glas Sekt. Sie rät zu dem roten Kleid, aber ich habe mich in das Blaue verliebt, ach was soll's, ich nehme eben beide. Und für Grant noch ein paar schicke Hemden, Poloshirts, Schals. Er soll auch was davon haben, Schluss mit dem Einbrecher-Look. Valentino, Balenciaga, American Express will do nicely, thank you. Und die Welt ist bunt, sie ist farbig, sie bewegt sich, sie dreht sich, ein Feuerwerk in meinem Kopf. In meinen Adern fließt kein Blut, sondern Champagner. Es prickelt bis hinunter in die Zehenspitzen und ich bin von mir selber besoffen, so lebendig, ich könnte platzen vor Freude.
Meine letzte Kreditkarte ist noch nicht gesperrt und ich bekomme den Rest ausgezahlt.
Die Welt gehört mir.

Ich bin nicht die Einzige, die eingekauft hat.
In der Küche türmen sich Büchsen mit Heinz Baked Beans. Es gibt Würstchen, Tomaten, Schinken. Weißbrot, bittere Orangenmarmelade. English Breakfast Tea.
„Hast du vor, hier ein 'bed and breakfast' zu eröffnen?"
Er sieht mich nicht an, verstaut einen Christmas Pudding im Regal. Was soll denn das bedeuten?
Ein englisches Räuspern.
„Das Essen im Knast war ungenießbar. Essen aus Kübeln."
Er schüttelt sich.
Das sieht nett aus, besonders die Art und Weise, wie sein Hintern sich dabei bewegt.

„Na und? Ihr auf eurer Insel seid doch nicht gerade berühmt für eure Gourmet-Küche."
Man sehe sich nur mal diese Kochbücher an. Frauen, die Eier hochhalten. Das bringt mir einen schwarzen Blick ein. Der sich jedoch sichtlich aufhellt, als er an mir herunterwandert. Was so ein bisschen Farbe im Gesicht doch ausmacht. So ein bisschen Duft auf der Haut und ein hübsches Kleid...
Da fällt mir ein.
„Hier, ich habe auch was für dich."
Ich wühle mich durch meine eleganten shopping bags und Tüten. Finde die Hemden. Yves Saint Laurent in dezentem Pink, Bruno Banani in Blau, Boss in Anthrazit. Hole sie heraus und breite sie stolz vor meinem Inselbewohner aus.
Grant sieht aus, als hätte ich ihm vorgeschlagen, drei Büchsen Ravioli zu essen. Kalt.
„What's that?"
„Wonach sieht's denn aus? So kannst du doch nicht rumlaufen!"
Er guckt seine ausgefransten Jeans an, das fleckige T-Shirt.
„Mind your own business!"
„Das versuche ich ja. Aber leider machst du mir immer einen Strich durch die Rechnung!"
Er kehrt mir den Rücken zu, stopft eine Büchse Baked Beans in den Kühlschrank. Der Mann ist wirklich durcheinander. Ich lege die Hemden in ihren knisternden Verpackungen auf den Küchentisch. Vielleicht überlegt er es sich anders. Grant wirft die Kühlschranktür zu, dreht sich um. Macht zwei ausladende Schritte, eine ausladende Handbewegung. Boss, Banani und Lagerfeld landen auf dem Küchenfußboden.

„I don't want your shit."
Sein Gesicht, rot, dicht vor meinem Gesicht. Ein kleiner Speicheltropfen auf meiner Wange.
Ich weiche einen Schritt zurück, spüre mein Herz klopfen. Ich habe ein Wespennest aufgestört und die Tierchen sind stinksauer. Konnte ich doch nicht wissen, verdammt. Was müssen sich die Scheißbiester auch so gut tarnen?
„Grant, es sind nur Hemden. Ich hab's gut gemeint. Wirklich."
Er atmet langsamer, sichtlich um Kontrolle bemüht. Der Gentleman gewinnt die Oberhand. Ich spüre Erleichterung.
„Was ist mit Kaffee?"
Mir fällt nichts anderes ein. Aber es funktioniert. Die Wespen sind abgelenkt. Grant dreht sich um, ein schwerer Schritt zurück an die Arbeitsplatte. Der geeignete Augenblick zur Flucht.
„Ich nehme meinen schwarz", sage ich im Hinausgehen. Ich glaube, er gibt mir nur deshalb keine Antwort, weil er hört, wie ich die Treppe hinauf und ins Arbeitszimmer gehe.

12.

„It is obvious that we can no more explain a passion to
a person who has never experienced it
than we can explain light to the blind."
T. S. Eliot

Hallo Shiraz, mein Lieber. Du und ich, wir sind über die Jahre wirklich gute Freunde geworden. Dunkelrot im Glas, süß und reif, ein Hauch von Schokoladenaroma. Zuverlässig, immer für mich da, extra aus Australien angereist. Wunderbar. Was noch? Musik? Ja, Musik. Natürlich. Leonard Cohen. „I remember when I moved in you, and the holy dove was moving, too."
Lulu braucht es. Dringend. Männer. Männerhaut. Warm, kratzig, rau. Männerkörper. Kantig, eckig. Hart. Samtig weich. Schwer. Salzig, sauer. Süß. Mmmmmmmmmänner. In einer pulloverwollweichkratzigen Umarmung versinken. Bärenumarmung.
Einen sauber gewaschenen, haarlosen Schwanz lecken, schön sanft, den ersten salzigen Tropfen schmecken. Ihre Hand um den harten Schaft legen, leicht zudrücken.
Ihn zucken spüren. Küssen, berühren, knabbern. Mmmmmmmmänner. Wo findet man sie, bereit und willig? Ohne Probleme, ohne Verpflichtungen? Im Internet. Hallo Hotlove.de. Mal sehen, wer heute online ist.
Lulu hat wieder viele Clubmails bekommen. Loverboy hat ihr ein Kompliment gemacht für ihr Bild. Er ist Architekt und heißt Gerd. Auch er hat Fotos geschickt, die anregende Stunden versprechen. Er ist erfahren, einfühlsam und experimentierfreudig. Er ist online, er ist zu Hause. Lulu ist scharf.

Keine Schlechtwetterfront, kein Wespennest. Im Wohnzimmer, auf meinem lädierten roten Sofa, sitzt der Boxer und liest. Warum bin ich so erstaunt? Vielleicht liegt es an der schwarzumrandeten Lesebrille, die Grant einen überraschend intellektuellen Touch verleiht.
Neben ihm Kater, auf dem Rücken. Schamlos bietet er seinen Bauch dar und lässt sich von Grants Pranke kraulen. Nein, ich bin nicht eifersüchtig. Lasse das heimelige Bild aber trotzdem noch ein bisschen länger auf mich wirken. Das könnte ich haben. Könnte ich wirklich? Shit, no. Never. Und das weiß ich auch.
Grant ist so vertieft, dass er mich noch nicht einmal kommen gehört hat. Ich schleiche mich an, will sehen, was ihn da so fesselt.
„Ich weiß nicht, wer ich bin, doch in der Nachtakademie werde ich es lernen", liest Grant laut vor.
Natürlich hat er mich bemerkt. Jetzt hält er das Buch hoch, sodass ich das Cover sehen kann. Brauche ich aber nicht, um zu wissen, dass er „Dunkelkind" liest.
Plötzlich weiß ich, wie sich die hoffnungsvollen Schriftsteller fühlen, die sich beim Ingeborg-Bachmann Preis jedes Jahr der ätzenden Kritik einer Jury aussetzen. Ich halte die Luft an.
„Ich mag Cassy", sagt Grant.
„Sie ist zwar completely crazy, aber auch sehr tapfer und sie hat Humor."
Meine Heldin, in der so viel von mir selbst steckt. Ich atme aus. Noch mal gut gegangen. Und dann frage ich mich, warum mir an seinem Urteil so viel liegt.
Jetzt erst sieht Grant mich richtig an. Nimmt die Brille ab, tut es noch mal. Ein Blick, der wie eine Feder über meine Haut streicht. Ich lächele sanft mit blutrot geschminkten Lippen. Eins zu null für das blaue Kleid.

„Charlottenburg, Grant. Nimm Cassy mit, sie vertreibt dir die Wartezeit."

Ein gutbürgerlicher Altbau, im dritten Stock ein dunkelhaariger Mann auf dem Balkon. Winkt.
Grant beugt sich nach vorne, nimmt ihn ins Visier.
„Eine Stunde", sage ich, einen metallischen Geschmack im Mund.
Grant dreht sich zu mir um, das Gesicht kontrolliert. Nur die Augen dunkel vor Verachtung.
„Und, wie viel kriegst du dafür?"
„Fuck you!" sage ich, lächle lieb und steige aus.
Was weiß der schon.

Lulu ist schlecht, Lulu ist übel, ihr Herz hüpft taktlos über's Kopfsteinpflaster. Was macht sie hier, sie kennt den Typen doch gar nicht, vielleicht ist er ein perverser Mörder und vielleicht ist es genau das, was Lulu so gnadenlos antörnt. Die Gefahr, das Unbekannte. Sie klingelt an der Tür, alles kann passieren, ins Haus rein, die Treppen hoch, da ist er schon, wenigstens sieht er ganz gut aus. Bei diesen Fotos im Internet weiß man nie, könnte auch uralt sein, ist er aber nicht. Mitte vierzig, ein bisschen sehr dünn, trägt Jeans und einen schwarzen Rollkragenpullover. Umarmt sie, küsst sie. Igitt, er schmeckt nach Rauch und Kaugummi, nichts gegen Rauch, aber dieser künstliche Mentholgeschmack ist zum Kotzen, er hört auf.
Ja, Lulu möchte ein Glas Prosecco. Seine Wohnung, sein Büro. Er ist Architekt, die Auftragslage ist schlecht, sieh mal an, es gibt frische Bettwäsche, er hat auch Blumen hingestellt und eine Kerze angezündet. So was ist sie gar nicht gewöhnt, den anderen Typen sind diese

Oberflächlichkeiten herzlich egal, die machen es auch in fleckigen Laken. Lulu soll sich ausziehen? Da hat er schon die Hosen runter, flinkes Kerlchen, und sie steht hier und ziert sich, konnte sich noch nie gut nackt zeigen, immer zu befangen, immer zu fett, obwohl die Typen sich noch nie beschwert haben, im Gegenteil. Sie lässt ihren Body an, schwarze Spitze, leichte Körbchenverstärkung. Er grinst einladend, das Schaffell auf dem Bett ist von Ikea, die Regale daneben auch. Lulu nimmt ihn in den Mund, ein beachtlich großes Exemplar, sie mag das, wenn sie das Steuer in der Hand hat. Er stöhnt, sie bestimmt das Tempo, nur nicht schlucken, schmeckt zu sehr nach Austern oder Sushi, bah, tote kalte Tiere zu schlürfen ist ekelhaft, aber das macht nichts. Der Typ ist rücksichtsvoll, alles auf das Laken. Das Fenster ist angelehnt, draußen vor der Tür ein Kinderspielplatz. Lulu kann sie kreischen und lachen hören, er ist schon wieder einsatzbereit, manövriert sich über sie, plötzlich hat Lulu sein kleines Arschloch vor dem Gesicht. Es glotzt sie an wie ein böses Auge, aber wenigstens ist es sauber. Wenn er glaubt, sie steckt da jetzt ihre Zunge rein, dann hat er sich geirrt, auch Lulu hat ihre Grenzen, selbst wenn er sich bemüht und es sich gar nicht mal so schlecht anfühlt, was er da unten macht. Es fühlt sich sogar ganz gut an, sie wölbt ihren Rücken, versucht, ihm noch mehr von sich zu bieten, aber dann hört er wieder auf, gerade als es anfing, Spaß zu machen und was jetzt, umdrehen? Er schiebt ihr ein Kissen unter den Bauch, und dann geht es von hinten los, und das ist wirklich fantastisch.
Wer behauptet, Größe zählt nicht, der lügt! Lulu krallt sich in dem Schaffell von Ikea fest und reißt ein paar von den künstlichen Haaren heraus.

Er hält ihre Hüften fest, zweimal noch und es ist vorbei. Nein, Lulu hat nichts dagegen, wenn er jetzt noch eine Zigarette raucht, sie will noch ein Glas Prosecco. Danke, ein kurzer Blick auf die Uhr, eine Stunde ist vorbei, perfektes Timing. Was hat er gesagt? Lulu hat nicht hingehört, er hat was? Hepatitis C? Sie haben kein Kondom benutzt.
Nicht ansteckend? Lulu soll ihren Arzt fragen? Ob sie jetzt gehen könnte, er hat noch einen Geschäftstermin. Sie können sich ja wiedersehen. Er ist auch schon wieder angezogen. Macht das Fenster zu.
„Ruf mich an", sagt er.

13.
„Look twice before you leap."
Charlotte Brontë

Grant schweigt. Seine Hände fest um das Lenkrad gekrallt. Ich glaube, Puck jammern zu hören.
„Zum Ku'damm", sage ich, von einer wagen Idee erfüllt.
Hepatitis; ist das nicht was mit der Leber? Spritzen, Nadeln, Tattoos. Heroin. Ein Architekt in Charlottenburg.
Ich möchte duschen, mir die Haut runterschrubben. In Sagrotan baden. Das klebrige Gefühl zwischen meinen Schenkeln mit einem Flammenwerfer wegbrennen.
Weiß aber genau, das nützt nichts.
Lulu, du dummes, triebgesteuertes Ding.
Gegenüber vom Europa-Center gibt es eine große Buchhandlung. Da habe ich mal gearbeitet. Vor „Dunkelkind" und bevor sie anfingen, aus den drei Etagen hervorragendem Sortiment eine reine Bestsellerstapelanlage zu machen.
In jedem Stockwerk stolpert man über dieselben Titel. Meine sind immer noch dabei, also sollte ich mich nicht aufregen.
Schuld an allem seien sowieso die Kunden.
Auf der Hitliste der Kundenwünsche ständen solche Sachen wie 'eine 1A Lage und Parkplätze' sowie 'gute Erkennbarkeit der Mitarbeiter und Bestseller' auf den vordersten Plätzen.
Eine 'fundierte, freundliche Beratung' rangiere dagegen unter ferner liefen.
Außerdem würden die meisten heutzutage sowieso das Internet nutzen. Es geht doch immer nur um das eine: Umsätze.

Ich lasse Grant vor dem Buchladen anhalten. Im Schaufenster blinkt ein obszön großer Kürbis schelmisch mit einer fetten schwarzen Spinne um die Wette. Die Bestsellerliste ist mit Spinnweben garniert.
„Du gehst in den Supermarkt und besorgst uns was Nettes zum Abendessen. Ich gehe hier rein und suche dir was Passendes zum Lesen aus. Meine Bibliothek muss sowieso dringend aufgestockt werden."
Grant sieht mich an. Sieht die Buchhandlung an. Schluckt den Köder, brummt leise seine Zustimmung.
Ich hole mein Portemonnaie heraus, nehme ein paar Scheine, halte sie Grant hin.
„Was soll das?"
„Geld zum Einkaufen", sage ich.
Was hat er denn nun schon wieder?
„I don't want your fucking money."
Seine Ohren werden rot. Ein richtig sattes tomatenrot. Die linke Hand immer noch um das Lenkrad gelegt, öffnet und schließt sich in schnellem Rhythmus. Von Ferne höre ich das böse Summen der Wespen.
„Dann eben nicht."
Ich steige aus, beobachte, wie er sich in den Verkehr einfädelt. Gehe hinüber zum Europa-Center. Berlins misslungene Antwort auf Frankfurts Bürotürme.

Es regnet nicht. Das ist aber auch der einzige Pluspunkt. Kalt. Kalter Wind. Und hoch. Verdammt hoch. Und abgesperrt. Natürlich.
Was habe ich mir eigentlich gedacht? Dass sie hier freie Bahn geben bis zur Kante? Damit man sich entscheiden kann, ob man mit Anlauf oder ohne runterspringen und auf dem Ku'damm zerplatzen kann wie ein reifer Kürbis? Natürlich ziehen sie hier einen Zaun hoch.

OK, der ist nicht allzu hoch, ich käme vielleicht noch rüber.
Aber nicht in diesen Pumps. Und nicht mit diesem Kleid. Können ja alle meinen fetten Hintern sehen.
Was würde Cassy tun? Hätte sie einen passenden Spruch, einen tödlichen Gedanken, der solchen Typen, die Hepatitis C haben und mit fremden Frauen vögeln, ohne einen Schutz zu benutzen, den Schwanz abfaulen lässt? Ich muss zum Arzt. Ich will so nicht sterben. Nicht so.
Hat Lulu gedacht, sie tut mir einen Gefallen? Wer weiß, vielleicht hatte der Satyr Aids? Vielleicht trage ich einen ganzen Lastwagen voller kleiner, tödlicher Viren in mir rum?
Das dauert mir viel zu lange. Ich will nicht langsam und schmerzhaft verfaulen oder unter Medikamenten wegdämmern. Ich will mich ausknipsen, schnell und sicher.
Und was tue ich? Stehe auf einem Hochhaus in der City vor einer Absperrung. Niete. Versager.
Hilfe. Hilfe. Hilfe. Hilfe. Hilfe.
Es blitzt. Muss dieser Japaner jetzt von mir ein Foto machen? Seit wann sind heulende Frauen eine Touristenattraktion? Hör auf zu grinsen. Geh weg.
Ein breiter Rücken in einer braunen Kunstlederjacke schiebt sich zwischen uns. Mein Chauffeur, mein Retter in der Not. Wie macht er das nur immer, hat er mir irgendwo etwas eingepflanzt, einen Tracker oder so was? Warum findet er mich immer wieder?
Ich möchte mich an ihn klammern und ihn nie wieder loslassen. Auch wenn das Kunstleder sich anfasst wie Fischschuppen.
Keine Ahnung, was Grant zu dem Touristen gesagt hat, aber der Mann sieht aus, als würde er sich jeden Mo-

ment in die Hosen machen. Er ist so grau im Gesicht wie der Himmel über uns. Sucht schleunigst das Weite.
Junge, Junge, den Trick beherrscht Grant wirklich gut.
Jetzt zieht er auch noch seine Jacke aus und hängt sie mir über. Riecht ein bisschen ungewaschen. Schweiß, Salz, Mann. Ich sollte nicht meckern, ich rieche auch nach Mann.
Grant steht neben mir und schweigt. Ein Schweigen, das ich fühlen kann: groß, massig, vorwurfsvoll.
Ich verschränke die Arme vor der Brust, ziehe die Fischschuppenjacke etwas enger um mich.
Die Plattform ist mit einer Reihe von metallischen Stacheln gesichert. Wegen der vielen Tauben, die überall rumsitzen, gurren und scheißen. Tauben: reproduktionsfreudig und blöd. Warum sonst hätte sich wohl kurz neben uns eine selbst aufgespießt? Der Stachel ragt mitten aus ihrer hellgrauen Brust, und nur ein paar Federn bewegen sich noch im Wind.
„Ich dachte, ich hätte dich abgehängt."
„Deine Augen verraten dich", sagte Grant.
„Ach ja?"
„Kinderaugen. Ein Kind, das immer wieder Prügel bezieht und nicht weiß, warum."
Ich kaue auf meiner Unterlippe herum, schmecke Blut.
„I don't get it. Du bist eine bekannte Frau, die Kinderbücher schreibt und du bist krank. Wo sind deine Freunde, warum kümmert sich keiner um dich? Hast du keinen Mann? Was ist los?"
Eine zweite Taube ist neben der ersten, Aufgespießten gelandet. Etwas kleiner; helleres Gefieder. Betrachtet den grauen Leichnam mit schwarzen Knopfaugen. Tippt mit dem Schnabel vorsichtig an einem nutzlos herabhängenden Flügel.

Soll ich es Grant erzählen?

„Der erste Mann, in den ich mich verliebt habe, war ein Engländer. Lord Peter Wimsey."

Grant macht ein komisches, kleines Geräusch, eine Art ungläubiges Schnauben. Die Taube sieht ihn an.

„Wo hast du einen Adeligen kennengelernt?"

„In der Bibliothek."

Grants Blick verrät Unsicherheit. Sollte er mich vielleicht doch einweisen lassen?

„Bücher, Grant. Kriminalromane von einer Frau namens Dorothy Sayers. Spannend, witzig und mit einem Helden ausgestattet, der tadellose Manieren, feinen Humor und einen überragenden Intellekt hat. Die Sayers hat sich nach nur wenigen Büchern so sehr in ihren eigenen Helden verliebt, dass sie sich ein Alter Ego schuf, eine Kriminalschriftstellerin namens Harriet Vane und sich von Lord Peter erst retten und dann heiraten ließ."

„Are all authors crazy?"

Berechtigte Frage.

Die Taube hat sich wieder umgedreht und betrachtet ihren aufgespießten Gefährten.

„Ich war verheiratet. Er hieß Matthew. Engländer. Kein Lord, aber mit diesem feinsinnigen Humor ausgestattet, den ich so mag. Er hatte einen Whisky-Laden, ich habe ihn bei einem Tasting kennengelernt. Er hat mir alles über Whisky beigebracht und ich ihm, nun ja, eine Menge über Sex."

Grant brummelt belustigt. Soll er doch, er wird schon sehen.

„Als die Krankheit ausbrach, da wussten wir noch nicht, was mit mir los war. Ich hatte gerade den zweiten „Dunkelkind-Band" beendet und die Erfolgsmaschine begann zu rollen. Film, Fernsehen, Lesungen, Talks-

hows, Interviews. Die Erwartung, der dritte Band müsse noch besser werden als alle anderen vorher.
Zu viel Druck.
Stress ist einer der häufigsten Auslöser für eine manisch-depressive Erkrankung. Ich bekam eine manische Phase: fühlte mich fit nach nur drei Stunden Schlaf, war gutgelaunt, geistreich und hörte nicht auf zu reden. Und dann wurde ich geil. Hab mir alles gegriffen, was männlich war, zwei Beine hatte und nicht schnell genug flüchten konnte."
Sind Tauben so wie Gänse, ihrem Partner treu, lebenslang? Diese hier konnte sich von ihrem toten Artgenossen gar nicht mehr trennen. Auch wenn sie aufgehört hatte, den Flügel zu berühren.
„Gehört alles dazu: gesteigerter Sexualtrieb. Unbezähmbares Verlangen. Eine Zeitlang habe ich es vor Matthew versteckt. Dann hat er mich erwischt: zu Hause, mit meinem Lektor. In unserem Bett. Der Typ war natürlich auch verheiratet. Ist inzwischen geschieden. Matthew hat sich betrunken und dann sein Auto gegen einen Brückenpfeiler gefahren. Mit hundert Sachen."
Die Taube tritt ein wenig zur Seite. Sie richtet sich auf eine längere Totenwache ein.
„Danach bin ich in eine finstere Depression gestürzt. Wollte niemanden sehen, konnte nichts machen. Irgendwann hat es von alleine wieder aufgehört. Und ich hatte keine Freunde mehr. Hab wohl nie welche gehabt. Dann kam die nächste manische Phase.
Wer Geld vom Dach eines Hauses wirft, hat ganz schnell neue Freunde. Die auch nicht lange bleiben. Mein Hausarzt hat dann als Erster den Verdacht gehabt, dass etwas nicht stimmt. Mich an einen Psychotherapeuten überwiesen."

Ein Arm legt sich um meine Schultern. Die ersten Straßenlaternen nehmen ihren nächtlichen Kampf auf gegen Kälte und Dunkelheit.
„Seitdem kann ich nicht mehr Auto fahren. Geht einfach nicht."
Und Lieben ist auch ein Problem, aber das muss ich ihm nicht sagen. Das interessiert ihn nicht.
Die Taube versteckt den Kopf im Gefieder. Unten heult die schrille Sirene eines Krankenwagens vorbei.
Ich lege meinen Kopf an Grants Schultern und erlaube mir einen kurzen, trügerischen Moment der Ruhe, der Geborgenheit.
Die Taube schläft.

14.
„Es sieht der Mensch die Welt fast immer durch die Brille des Gefühls, und je nach der Farbe des Glases erscheint sie ihm finster oder purpurhell."
Hans Christian Andersen

Grant packt mich auf den Rücksitz wie ein Kleinkind. Ich fühle mich geschlagen. Aus mir ist alle Luft raus. Heulen möchte ich, aber das gönne ich dem Engländer nicht. Er fährt ruhig und sicher. Nach Hause.
Oder?
Ich habe aus dem Fenster gesehen, ohne etwas wahrzunehmen. Jetzt gucke ich richtig hin. Budapester Straße, gleich hinter dem Europa-Center. Das Elefantentor.
„Grant?"
Er ist beschäftigt. Ein freier Parkplatz, das moderne Wunder.
„Grant, ich will nicht in den Zoo."
Eine quengelnde Kleinkindstimme. Ich hasse mich selbst.
Kein Wunder, das Grant unbeeindruckt bleibt. Parkt, mich aus dem Wagen zieht und mit mir an einem Brunnen vorbei zum Eingang geht.
Ich stöckele hinterher, rutsche auf feuchtem Blättermatsch, garniert mit Hundescheiße, aus, werde aufgefangen. Habe keine Kraft mehr, um richtigen Widerstand zu leisten.
Vielleicht kauft er mir ein Eis?
Wir steuern am Elefantentor vorbei. Es geht also doch nicht in den Zoo. Aber was will er hier?
„Ins Aquarium?"
Eine Treppe hoch, das Kassenhäuschen hinter Glas. Der Boxer zahlt und schiebt mich durch das Drehkreuz

in die Dämmerung. Das letzte Mal bin ich mit meiner Schulklasse hier gewesen. Vor über dreißig Jahren.
Es hat sich nicht viel geändert. Ein langer Gang, abgedunkelt, rechts und links die Glasscheiben in der Wand, hinter denen in grünen Urwäldern bunte Fische und andere komische Viecher schweben. Es ist warm und feucht. Ein leicht modriger Geruch hängt in der Luft. Kinder kreischen am anderen Ende des Ganges.
Grant steht schon vor einer der Scheiben und beobachtet einen fetten, gelben Fisch.
Ich stelle mich neben ihn und betrachte das Spiegelbild seines Gesichtes in der Scheibe. Ruhige Aufmerksamkeit.
„Warum Fische?"
Nasse, schuppige Dinger, die man noch nicht mal kraulen kann. Er zuckt kaum merklich mit den Schultern.
„They are relaxing."
Ein plötzlicher, durchdringender Knatterton lässt mich zusammenfahren.
„Sehr entspannend", sage ich leise.
Ich lasse Grant stehen und gehe zum Zitteraal. Der ist also auch noch hier. Er sondert elektrische Impulse ab, die man durch das Gerät über seinem Becken sehen und hören kann.
Ein hässliches, langes Viech mit bösen, kleinen Knopfaugen.
„Mama, er soll 'knattern' machen!"
Schokoladenbeschmierte Patschhändchen klatschen plötzlich an die Scheibe. Immer und immer wieder. Das Kind ist sechs oder sieben Jahre alt und eine Mama weit und breit nicht in Sicht. Der Zitteraal sieht mich an. Lange und gründlich. Das Kind blökt ununterbrochen, schlägt an die Scheibe.

Ich bücke mich zu dem blonden Wuschelkopf herunter, lächele süß und sage leise:
„Wenn du nicht sofort aufhörst, reiße ich dir deine Händchen ab und fresse sie auf. Ich liebe fette, kleine Kinderfinger. Besser als Würstchen!"
Das Kind sieht mich mit großen Augen an. Ich intensiviere mein Lächeln und zeige die Zähne. Das Kind dreht sich um und verschwindet heulend in der Dämmerung.
Ich sehe in das Becken. Der Zitteraal gleitet innen an der Scheibe vorbei, ganz nah, bewegt sich träge nach hinten und verschwindet.
Am Ende des Korridors öffnet sich der Gang zu mehreren großen Becken hin. Eines davon steuert Grant sofort an. Ich sehe die großen Fische darin ruhig und zielbewusst kreisen. Sie sehen gar nicht so gefährlich aus.
Grant räuspert sich, es klingt beeindruckt.
„Haie müssen immer in Bewegung bleiben, sonst sterben sie."
Mein Einbrecher ist also Fischexperte. Und er mag es groß und gefährlich.
Ich betrachte das riesige Aquarium interessiert. Wenn ich irgendwie nach hinten, hinter die Kulissen kommen und da reinspringen könnte. Mitten zwischen die geöffneten Mäuler. Mann, was wäre das für ein Mordsspektakel. Nicht gerade schmerzlos, aber wenigstens wäre ich noch zu was gut: Fischfutter.
Grant hat etwas gesagt, ich hab nicht zugehört.
„Was?"
Er zeigt auf das Haifischbecken.
„Sieh mal. Wie er seine Kreise zieht. Das erinnert mich an Moss Side. Eine Gegend in Manchester, wo ich aufgewachsen bin.

Ist wie Neukölln, nur schlimmer. Banden, Drogenhandel und täglich Schießereien."
Hört sich tatsächlich an wie Neukölln.
Ein Hammerhai beäugt mich durch die Scheibe hindurch, als wolle er meine Bereitschaft abschätzen, doch noch ins Wasser zu springen.
„Woher kannst du so gut Deutsch?"
„Meine Mutter ist Deutsche. Hamburgerin. Margot. Hat sich in einen Matrosen aus Liverpool verliebt und ist mit ihm nach England gegangen. Wurde erst schwanger, dann sitzen gelassen. Ist dageblieben, arbeitet jetzt in Manchester im Pub."
Ein zweiter Hai kommt hinzu, auch er mustert mich kritisch. Was ist los, wollen die Tiere nicht schwimmen?
„Hab da einen Kumpel kennengelernt in Moss Side. Tom Stark. Wir haben zusammen ein paar Dinger durchgezogen, uns gegenseitig den Rücken gedeckt. Ein gutes Geschäft aufgebaut."
Gute Geschäfte, lange Jahre Knast. Ich verstehe.
„Drogen?"
„Alles Mögliche."
Der Hai lacht. Ich überlasse Grant seiner Bewunderung und gehe weiter.
Es wird immer wärmer hier drin, die Luft ist zäh und lässt mich nicht atmen. Irgendwo weint ein Baby laut und untröstlich. Ich hasse Fische. Aber etwas hier drin gibt es, daran erinnere ich mich noch. Und richtig, kurz vor der Treppe nach oben, wo die Spinnen auf Besuch warten, da sind sie.
Die Becken der Tänzer.
Ich setze mich auf eine Bank und bin auf einmal ganz alleine hier. Die Tänzer sind nicht bunt, sie knattern auch nicht. Keinen interessiert's. Nur mich. Ordinäre

Quallen, die am Nordseestrand immer so eklig unter den Füßen glibschen. Hier im Aquarium schweben sie, tanzen federleicht, zarte, durchsichtige Gebilde, oben ein Schirmchen, unten die Fäden. Regelmäßiges, rhythmisches Zusammenziehen. Kleine Aliens aus einer anderen Welt, weiß vor unendlichem Blau.
Ich atme wieder freier.
Einen kostbaren Moment lang befindet sich mein Dasein im Gleichgewicht. Bin ich nicht unruhig, getrieben, geil oder deprimiert.
Einfach nur ruhig. Die Pause im Drahtseilakt, in der Mitte des Seiles. Die Stange ausbalanciert, alles in perfekter Harmonie.
Gutgelauntes Räuspern.
„Thinking about your writing?"
Grant setzt sich neben mich. Ich verliere meine Stange, ich verliere mein Gleichgewicht. Ich falle.
Leider sieht der Boxer das nicht. Er hat eine Idee.
„Hab mal dran gedacht, meine Memoiren zu schreiben. Kann nicht so schwer sein. Und harte Jungs sind doch immer interessant, stimmt's?"
Viel Spaß.
Es gibt ein Netz, das meinen Sturz bremsen könnte.
Ich sehe auf meine Armbanduhr.
Wenn wir uns beeilen, schaffe ich es noch.

Wir stehen vor dem Pavillon, in dem sich die Selbsthilfegruppe trifft. Die vordere Wand ist aus Glas, drinnen sitzen schon die Ersten im hell erleuchteten Raum an einem Tisch und unterhalten sich. Der Teppich ist grün.
Einen Moment lang habe ich das Gefühl, immer noch im Aquarium zu sein. Lauter verzweifelte, kleine Fische, die da drin ihre Münder auf- und zuklappen bei dem

vergeblichen Versuch, Luft zu schnappen. An der Längsseite steht eine kleine Schultafel, an die jemand mit Kreide ein Gesicht gemalt hat. Das Gesicht lacht mit seiner linken Hälfte und weint mit seiner rechten.
„We admit that we are powerless over alcohol – that our lives had become unmanageable?"
Grant hat einen braunen Becher in der Hand, aus dem es nach feuchter Pappe riecht. Er nippt daran und sieht mich fragend an. Ich gucke dumm zurück. Er räuspert sich.
„Das ist der erste Schritt des berühmten Zwölf-Schritte-Programms. Ich hab's mal ausprobiert. Aber am Ende wollen sie, dass du dein Leben in die Hände irgendeines höheren Wesens legst. Bullshit."
„Hattest du ein Alkoholproblem?"
„Nothing compared to you."
Sehr komisch. Ich weise auf die Fische hinter Glas.
„Das sind nicht die anonymen Alkoholiker. Das sind Bipolare. Wir leiden alle an einer bipolaren Affektstörung. Sind manisch-depressiv. Das bedeutet, dass die Chemie in deinem Hirn einen Kurzschluss hat und deine Gefühle mit dir Achterbahn fahren. Von himmelhoch jauchzend bis zu Tode betrübt. Entweder ganz oben oder ganz unten. Selten mal dazwischen, selten mal in Balance. In Ruhe. Eine absolute Scheißkrankheit. Ach ja, und lebenslänglich natürlich. Mit anderen Worten, ich bin völlig durchgeknallt. Oder, wie ihr Briten so schön sagen würdet: I'm hopping mad."
Grant brummt amüsiert.
„You've got bats in the belfry?"
Fledermäuse im Glockenturm. Ich liebe die englische Sprache.
„Genau. I am one olive short of a martini.

Mad as the mad hatter."
„That explains a lot. Wie lange schon?"
„Vor sechs Jahren ist es diagnostiziert worden."
Er schlürft etwas Kaffee, nickt. Sieht mich nachdenklich an.
„Du bist wirklich krank, nicht wahr?"
Er hat's endlich begriffen.
„Don't go in there and admit that you are powerless. Because you are not."
Er hat recht. Ich bin nicht machtlos. Ich bestimme das Ende der Show.

Hausfrauen, Frührentner, Arbeitslose. Ein paar von denen kenne ich, drei sind neu. Müde und hoffnungslos sehen sie alle aus. Erst als die Schokoladenkekse auf den Tisch kommen, hellen sich einige Gesichter auf. Ein paar Spinnen aus Weingummi kriechen über den Tisch. Halloween in der Irrenanstalt.
Dann beginnt die Runde mit einem 'Blitzlicht'. Jeder darf sich kurz vorstellen und mitteilen, wie er sich fühlt.
„Hallo, mein Name ist Maxi. Ich bin seit einigen Jahren bipolar und habe beschlossen, mich umzubringen. Mir reicht's."
Ich greife mir eine braune Spinne und zutzele an ihren Beinen herum. Keiner will mich wirklich ansehen. Keiner will sich mit dem auseinandersetzen, was jeder denkt. Immer mal wieder, jeden Tag. Die kleine blonde Hausfrau fasst sich ein Herz.
„Da bist du nicht die Einzige. Solche Gedanken hat jeder mal. Was ist mit deinen Medis? Was nimmst du?"
Ich bin überrascht. Ein bisschen enttäuscht. So einzigartig bin ich also doch nicht? Vielleicht in einer Hinsicht schon: Diesmal meine ich es ernst. Da helfen auch die

Medikamente nicht. Die Spinne verliert ihr erstes Bein.
Mein Herzschlag, ein einsamer Trommler in meiner
Brust. Das Medikament ein Todesurteil: lebenslänglich.
Zur Vorbeugung von Rückfällen immer brav schlucken.
Jeden Tag. Die Krankheit: mein treuer Begleiter bis zum
Ende.
„Ich habe mal Lithium genommen. Jetzt nicht mehr. Ich
nehme die Scheißtabletten einfach nicht mehr."
Das zweite Bein zieht sich hartnäckig immer länger und
länger. Mein Nebenmann rückt ein bisschen von mir ab.
Die Hausfrau runzelt ihre Stirn.
„Aber das ist nicht gut und das weißt du auch. Das Lithium ist zur Vorbeugung, ein langjährig getestetes und
sehr sicheres Medikament."
Das dritte Bein. Die Spinne guckt blöde.
„Sicher, bis auf die Nebenwirkungen. Der Beipackzettel
ist zwei Meter lang. Ich hab's einfach nicht vertragen.
Übelkeit, Durchfall, Erbrechen. Magenschleimhautentzündung. Aber das war ja noch nicht mal das Schlimmste. Scheiße, ich bin Schriftstellerin! Wenn ich dieses
Zeugs fresse, dann kann ich nicht mehr schreiben!"
Hinten in der Ecke zuckt einer zusammen und verkriecht sich noch tiefer in seinem dunkelgrauen Pullover. Ich reiße der Spinne das vierte Bein aus.
„Du solltest mit deinem Psychiater darüber reden, Maxi.
Es gibt andere Medikamente, die du vielleicht besser
verträgst. Risperdon?"
Das fünfte Bein. Armer Krüppel.
„Na klar, ich kann mich durch den gesamten Vorrat von
Schering fressen. Neuroleptika, Benzodiazepine, Antidepressiva. Habe ich alles schon probiert. Sinnlos. Ein Leben mit Chemie ist wie ein Leben unter Glas. Eine
Glasglocke, die sich über dich stülpt und dich von allem

abschottet. Jegliche Fantasie erstickt. Und überhaupt! Vermisst ihr sie nicht, die manischen Phasen? Wie bunt und lebendig die Welt dann ist, voller Verheißungen, Abenteuer und verrückter Ideen? Das ist wie ein Trip, nur besser."
Natürlich wissen sie alle genau, wovon ich rede. Schließlich sind die Schokoladenkekse schon fast alle. Keiner hat sich an die Gummispinnen getraut.
„Das sagen die Heroin-Junkies auch, Maxi. Aber nach dem himmelhoch jauchzend kommt das zu Tode betrübt, der Absturz in die Depression."
Als ob ich das nicht wüsste. Hoch und runter, immer wieder diese verfickte Achterbahn besteigen und eine neue Runde fahren. Aber was ist mit der einen Sache, über die nie einer reden will, der einen klitzekleinen, quälenden Sache, die peinlicher ist als Selbstmord? Pech gehabt, heute lasse ich alles raus.
„Ich erinnere mich noch genau, als meine letzte manische Phase aufhörte, das letzte Mal, dass ich sechs Wochen lang ununterbrochen am Stück geil gewesen bin. Das ist nicht lustig. Schon allein deshalb, weil ich andauernd meine nassen Schlüpfer wechseln musste."
Ich reiße der Spinne das letzte Bein aus und lasse den Kadaver auf den Tisch fallen.
„Wisst ihr, wo es aufgehört hat? In der Küche. Ich hatte gerade den Kessel aufgesetzt, weil ich mir Kaffee kochen wollte. Dann geschah es. Ganz plötzlich, einfach so. Jemand griff an meinen Rücken und drehte den kleinen Schlüssel herum, der da steckt. Ich konnte sofort spüren, wie die Spannung nachließ. Das unablässige, fordernde Pulsieren zwischen meinen Beinen versiegte. Mein Hirn war auf einmal nicht mehr daran interessiert, mir heiße, nackte Kerle in sämtlichen Stellungen des

Kamasutra vorzugaukeln. Der Kaffee war nur Kaffee und ich eine ganz normale Frau in einer ganz normalen Küche. Bis zum nächsten Mal."
Schweigen. Nein, dazu haben sie nichts zu sagen. Auch die kleine Hausfrau nicht. Ist sie verheiratet? Überfällt sie ihren Mann und fesselt ihn ans Bett? Wer weiß, vielleicht mag er es ja. Die Schokoladenkekse sind alle. Ich greife eine neue Spinne. Fühlt sich an, als würde sie in meiner Hand zucken und versuchen zu entkommen.
Eine dünne Omi meldet sich zu Wort:
„Ich hab meine Medis auch nicht mehr genommen. Weil, mir ging's ja gut, nicht wahr? Und dann hatte ich auch vor den Nebenwirkungen Angst, da stand nämlich im Beipackzettel, die könnten Haarausfall verursachen."
Ich wette, jeder Einzelne im Raum hat in diesem Moment auf ihre schütteren, leicht strähnigen Haare gestarrt.
„Dann bin ich wieder manisch geworden. Habe meinen Schmuck, meine Geldbörse, meinen Ausweis, meine EC-Karte in eine Einkaufstasche gepackt, bin mitten in der Nacht raus in den Wald und habe sie unter einen Baum gestellt."
Sie strahlt und blickt beifallheischend in die Runde. Ich sehe meine Spinne an. Ziehe probehalber an einem Bein.
„Ich war fest überzeugt, dass ich das alles nicht mehr brauche. Denn mit genügend Vertrauen in die Welt und genügend Vertrauen in Gott, würde alles schon gut gehen. Es würde für mich gesorgt werden."
Amen.
Mein Blick irrt zum Fenster. Vielleicht hoffe ich, dort draußen einen Kaffee schlürfenden Boxer zu sehen? Tropfen rinnen an der Scheibe herunter, ein feiner

weißer Belag hat sich gebildet. Draußen nur feuchte Dunkelheit. Die Gummispinne ist klebrig-weich geworden in meiner Hand.
„Schließlich ging ich zur Station zwei und habe vor der Nachtschwester eine Rede gehalten. Der Chefarzt hat mir gleich Valium verpasst. Ich war wieder vier Wochen drin!"
Omi kam mir doch gleich so bekannt vor. Die war damals für kurze Zeit schon mal mit mir drin gewesen. Rein, raus, rein, raus, ad nauseam. Station vier, die Zuflucht für alle Verrückten und Getriebenen. Ruhigstellung mit Medikamenten. Gesprächstherapie. Spaziergänge. Danach Tagesklinik: Wir sollten lernen, mit unserer Erkrankung umzugehen. Es wurde großen Wert auf Zahlen und Fakten gelegt, man schlug uns gnadenlos die Wahrheit um die Ohren. Die bipolare Affektstörung ist eine chronische Krankheit, 80 bis 95% werden rückfällig, 50% unternehmen Selbstmordversuche und 15 bis 20% schaffen es auch. Ermutigend. Vor allem zu Halloween, wenn die Tür nach draußen weit offen steht.
Ich balle meine Hand zur Faust. Die klebrige Spinne wird kleingematscht. Omi kommt in Fahrt.
„Außerdem bin ich der Meinung, dass 2012 die Welt untergeht. Die Anzeichen dafür mehren sich, der Mensch betreibt Raubbau mit der Erde. Im alten Maya Kalender steht..."
Und im Übrigen bin ich der Meinung, das Karthago zerstört werden muss. Typisch manisch: reden ohne Punkt und Komma. Ich habe es satt, ein Opfer von Vorgängen zu sein, die ich nicht kontrollieren kann. Ein Opfer meiner Hormone, meiner Neurotransmitter.
Aber eines kann ich kontrollieren.
Das Ende.

15.

"I have love in me the likes of which you can scarcely imagine and rage the likes of which you would not believe. If I cannot satisfy the one, I will indulge the other."

Mary Shelley

Als ich die Haustür öffne, quillt mir ein muffiger Geruch entgegen. Abgestanden, staubig. Kalte Zwiebeln. Egal. Als Erstes ins Arbeitszimmer.
Am Fenster steht Janus, ganz der Alte. Er dreht sich um, als ich hereinkomme und deutet eine kleine Verbeugung an.
Ich hätte es wissen müssen. So einfach werde ich ihn nicht los. Ein kleines bisschen stolz auf mich bin ich auch. Wer kann schon so hartnäckige Charaktere erschaffen?!
Hallo Maxi.
Er scheint mir seine Verbrennung nicht nachzutragen.
Unten in der Küche niest Grant. Ein feuchtes, heiseres Bellen, das bis zum Arbeitszimmer herauf dröhnt.
Hört sich nicht gut an.
Ist mir egal. Er soll mich verdammt noch mal in Ruhe lassen. Ich habe jetzt weder Zeit noch Bock auf Komplikationen. Ich habe mich entschieden und dabei bleibt es. Noch ein Niesen.
Lass ihm ein heißes Bad ein und hüpf mit in die Wanne.
Dein ewig sonniges Gemüt scheint dich gerettet zu haben. Aber du begreifst es nicht, oder? Diese Geschichte ist keine Geschichte. Diese Geschichte findet nicht statt. Ich bin ein Versager. Ich bin krank. Ich mache alles kaputt um mich herum. Und das wird nicht aufhören. Ich werde mein Leben lang krank sein. Und deshalb ist jetzt Schluss. Ich bin müde, ich kämpfe nicht mehr. Ich be-

ende dieses schlechte Schmierentheater, und vorher lasse ich mich auf nichts und niemanden mehr ein.
Du bist ihm nicht egal. Sonst wäre er nicht mehr hier.
Sei nicht albern, Janus. Er will bloß nicht wieder in den Knast. Sobald ich ihn bezahlt habe, ist er weg.
Und du willst nur wieder ins Internet.
Bin schon drin. Lulu ist online.
Lulu hat eine Clubmail bekommen vom Dark Prince. Sie ist aufgeregt. Der Dark Prince hat ein paar scharfe Fotos auf seiner Profil-Seite. Freier Oberkörper, sehr muskulös, enge Jeans, Stiefel, Gesicht im Schatten. Er strahlt Härte aus. Ein Mann, der weiß, was er will. Lulu zeichnet mit dem Finger auf dem Bildschirm seine Brustmuskulatur nach. Der Dark Prince beschreibt sich selbst als 'Herr, mit Stärke, Leidenschaft und Ausdauer'. Ausdauer ist gut. Er preist sich an mitsamt seinem 'sportlichen, schlanken Körper mit gut geformten Muskeln, einem trainierten Hintern und Wissen über die Frau'. Sein Deutsch ist nicht besonders, aber das macht nichts. Man begreift ja, worum es geht. Sein Angebot: Rollenspiele, Fesselung, Bondage, Erziehung mit Peitsche und Gerte, Klammern, Gewichte und Reizstrom.
'Wenn du deine Entscheidungsgewalt abgeben willst, wird dir ein selbstbewusster Mann den Weg weisen'. Oh ja, Lulu will. Er soll ihr den Weg weisen und zwar den ins Nichts. Denn das Beste kommt noch: erotisches Hals zudrücken. Ja, genau: würgen. Lulus Hals packen, im Ansturm der Leidenschaft (so sagte er) und zudrücken. Sie einige Sekunden lang nicht zu Atem kommen lassen. Während des Orgasmus'. Der beste Fick aller Zeiten und der Dark Prince ist Meister dieses Spiels.
Das werden wir ja sehen. Vielleicht kann ich ihn ein bisschen kitzeln. Was, wenn der Meister die Beherr-

schung verliert? Etwas länger zudrückt als sonst? Dann wird aus meinem petit mort flugs ein grand mort. Aus, finito, vorbei. Gibt es eine geilere Art abzutreten?
Der Dark Prince ist online. Er wartet schon auf mich.
Ja, er ist zu Hause und ich komme, weil ich kommen will. Immer und immer wieder, weil es mich treibt, innen drin, wie eine Spieluhr. Aufgezogen bis zum Limit und darüber hinaus. Überdreht, aufgedreht, und ich fühle es pochen in mir, in meinem Bauch, zwischen meinen Beinen, ein schmerzhaftes, ein süßes Ziehen. Ich will gestopft werden, ausgefüllt, will mich vergessen. Will das Hirn ausschalten, überschwemmen mit Geräuschen, Gerüchen, Schweiß, mit dem Gefühl eines schweren Körpers auf mir, in mir. Quäle mich, schneide mich, würge mich. Vielleicht lässt er dann nach, der Druck, das Drängen, dieses immer gleiche Antreiben, Vorwärtstreiben, nicht stehen bleiben, und hier bin ich.
Was ziehe ich an zu meinem Rendezvous mit dem Würger?
Das kleine Schwarze?

„Grant? Wir fahren nach Zehlendorf. Ist gleich um die Ecke."
Er steht in der Küche an der Spüle, pfeift und wäscht ab. Unglaublich. Das hat in dieser Küche noch nie ein Mann gemacht. Ich natürlich auch nicht. Grant hört auf zu pfeifen.
„Dauert es lange? Dann muss ich mit dem Chili noch warten..."
Er dreht sich um. Sieht Lulu.
Sein Gesicht fällt in sich zusammen wie eine schlecht konstruierte Kurzgeschichte, der man soeben die Pointe genommen hat.

Doch Lulu ist gnadenlos, Lulu ist voll drauf.
Ihre Augen glänzen, ihr Mund ist blutrot geschminkt, sie trägt das blaue Kleid und sie weiß, sie ist unwiderstehlich.
Sie ist immer unwiderstehlich, wenn sie manisch ist.
„Who is it?"
„Das geht dich einen feuchten Scheißdreck an. Du sollst mich nur fahren. Jetzt. Na los. Beeil dich."
Grant sieht Lulu an, ein langsamer, abschätzender Blick von oben nach unten. Lippen, Kleid, Strümpfe, Pumps. Er dreht sich um, nimmt den Abwasch wieder auf.
„Nein."
„Nein? Was heißt hier, nein? Du weigerst dich? Soll ich die Polizei rufen?"
„To tell them what? Dass ein fremder Mann deine versiffte Küche aufräumt?"
Lulu möchte den breiten Rücken prügeln. Ihn mit ihren spitzen Fingernägeln zerkratzen. Aber sie hat keine Zeit mehr. Sie brennt.
„Dann nehme ich mir ein Taxi."
„Du hast kein Geld mehr."
„Woher weißt du das, hast du herumgeschnüffelt?"
Er zuckt zusammen, weist auf den Küchentisch.
„Deine geöffneten oder halb zerrissenen Rechnungen liegen überall herum."
Habe ich also doch nicht alles verbrannt. Mist.
„Ich habe noch eine Kreditkarte", triumphiere ich und hole das kostbare Plastik aus meiner Handtasche, um es vor ihm herumzuschwenken. Er trocknet sich die Hände ab.
„You look like a whore. Trust me, I know what I'm talking about."
Ich stürze auf Grant zu.

„Fuck you", schreie ich, die Wut, ein Knoten in meinem Bauch, ein roter, heiß pulsierender Schmerz, was bildet er sich ein, wer ist er, dieser...
„Zuhälter, Frauenausbeuter, asozialer Penner, Scheiß Dealer!"
Ich hebe die Arme, balle die Fäuste, will ihn schlagen, will ihm wehtun wie er mir wehtut, mir Hoffnung macht. Und dabei ist alles nur Zeitverschwendung, denn er wird gehen so wie alle andere auch und ich schlage, doch ich treffe nur ins Leere. Seine Hände haben meine Handgelenke umklammert. Er hält mich mühelos von sich fern. Und wahrscheinlich denkt er an all die anderen Nutten, besoffen, bekifft, die sich benehmen wie ein Stück Scheiße. Sein Gesichtsausdruck ist kalt und beherrscht. Ich kann mein Spiegelbild sehen in seinen Pupillen, die tobende Irre, der verwischte rote Lippenstift, die verzerrte Miene und ich hasse mich, ich hasse mich, ich hasse mich. Ich will tot sein und er ist Zeuge meiner Niederlage. Und ich spucke ihn an, weil das alles ist, was ich noch tun kann, um den Schaden möglichst irreparabel zu machen. Treffe nur das Hemd. Vielleicht gibt es doch einen Gott, nicht ins Gesicht, wohin ich gezielt habe, und ich werde still. Grants Augen fixieren etwas neben mir, er sieht mich nachdenklich an. Plötzlich packt er mich bei den Schultern, dreht mich nach hinten, gibt mir einen kleinen Schubs. Ich stehe in der Speisekammer, und Grant schließt die Tür hinter mir. Zu.
Ich kann es einfach nicht glauben, drehe mich um, schlage an die Tür, Fäuste auf Holz.
„Lass mich raus, Grant. Verdammte Scheiße, lass mich sofort raus!"
Ich trete gegen die Tür, verliere einen meiner schwarzen Pumps, heule, fluche, schreie, weiß nicht was, meine

Kehle tut weh; meine Stimme liegt mir schräg in den Ohren wie ein Solo von Miles Davis. Doch die Tür ist solide, die Tür hält. Matthew wollte immer gerne eine Speisekammer haben, weil ihn das an seine Oma erinnerte, und ich lasse mich an der soliden Speisekammertür hinuntergleiten, bis ich auf dem Boden sitze, in meinem schönen blauen Kleid und nur noch Kraft genug zum Atmen habe. Ein beruhigendes Räuspern.
„Maxi?"
Seine dunkle, raue Stimme hinter dem Holz, so nahe, fast an meinem Ohr. Er klingt besorgt. Doch er ist immer noch draußen, und ich bin immer noch drinnen. Und ein bisschen Atem habe ich wieder.
„Piss off."
Ich glaube erst, mich zu verhören. Doch die Geräusche auf der anderen Seite der Tür sind eindeutig. Grant lacht.
Ich möchte meine Hände um seinen dicken Hals legen und so lange zudrücken, bis seine Augen herausquellen wie Pudding aus der Schüssel.
„Ich lasse dich raus, wenn du dich wieder beruhigt hast und mir versprichst, dass du heute Abend nicht mehr ausgehst."
„Da kannst du warten, bis du schwarz wirst!"
„All right", sagt er, und seine Stimme entfernt sich von der Tür.
„Dann kann ich in Ruhe kochen."
Arschloch. Ich erinnere mich wo der Lichtschalter ist und betätige ihn. Mannomann, wie lange habe ich eigentlich nicht mehr hier reingesehen? Rechts, an der weiß verputzten Wand, helle Holzregale, in denen einige wenige Lebensmittel vor sich hin rotten. Ein paar eingestaubte Konservenbüchsen: Pfirsiche, Tomaten, Boh-

nen. Eine Packung Reis, Mehl, Nudeln. Die Nudeln sehen angenagt aus. Kater hat wohl schon länger seine Pflichten vernachlässigt. Eine Flasche Olivenöl. Pfeffer. Nichts, was mir weiterhelfen würde. Dahinter das Putzzeug, Besen, Mob.
Links an der Wand das Fenster. Sinnlos. Ein kleines Viereck kurz unter der Decke. Um da durchzupassen, müsste selbst Paris Hilton mehr kotzen als menschenmöglich ist.
Ein Stapel alter Jutesäcke auf dem Fliesenboden, daneben ein Korb mit Kartoffeln. Jedenfalls glaube ich, dass das mal Kartoffeln waren. Kleine, schwarzbraune, verschrumpelte Dinger, aus denen gelbliche Tentakel wachsen. Aliens in der Speisekammer. Die Körperfresser kommen.
Ich halte das nicht mehr aus.
„Grant, lass mich raus!"
„Du bleibst hier? Versprichst du es?"
„Scheiße, nein!"
„Suit yourself."
Mein ohnmächtiges Geheul schallt vermutlich die ganze Straße herunter. Wer weiß, vielleicht ruft ja einer meiner dämlichen Zahnarzt-Rechtsanwalts-Bänker-Nachbarn die Polizei. Von wegen Ruhestörung. Und dann sitzt mein Gefängniswärter da draußen ganz schön in der Scheiße.
„He, Grant, das macht dir wohl Spaß, was? Endlich mal auf der anderen Seite zu stehen und jemand anderen einsperren zu können?"
Eben noch haben die Töpfe geklappert. Doch nun ist es sehr ruhig in der Küche.
„Meine Zelle war nicht viel größer als deine Speisekammer."

Seine Stimme wieder am Holz, dicht neben mir. Ich sehe die Speisekammer mit neuen Augen. Viel zu groß fand ich sie damals beim Einzug. Ein Kinderzimmer beinahe. Jetzt schieben sich die weiß verputzten Wände auf einmal zusammen. Engen mich ein, nehmen mir die Luft zum Atmen. Ich will raus hier. Raus.
Draußen lässt Grant die Schlüssel klappern.
„Knastzeit. 6.35 Uhr: Aufschluss und ausrücken zur Arbeit, 12.00 Uhr: Einschluss und Zählung, 12.30: Aufschluss und ausrücken zur Arbeit, 16.45: Einschluss und Zählung, 17.45: Aufschluss bis 22.00: Nachtverschluss."
Grant schweigt. Ich sehe mir die Flasche mit dem Olivenöl an.
„Am Wochenende, wenn es wenig Personal gab, fand der Nachtverschluss auch mal um 20 Uhr statt. Das haben wir dann den 'langen Riegel' genannt."
Öffne sie, schnuppere am Inhalt. Riecht gut.
„Die ganze Zeit allein. Eingesperrt in einem kleinen Raum."
Die Wände haben sich schon wieder bewegt. Ich konzentriere mich mit aller Kraft auf das Mehl. Öffne die Tüte. Nicht mehr weiß, eher zahngelb. Aber keine Würmer drin. Die Nudeln? Nein, angenagt. Doch der Reis sieht noch ganz gut aus.
„Aber du bist trotzdem allein. Niemand, mit dem du reden kannst. Niemand, der dich anfasst. Dich in den Arm nimmt."
Seine Stimme wird leiser. Es liegt etwas Nacktes, Ungeschütztes in ihr, das mir die Härchen auf den Oberarmen zu Berge stehen lässt. Leise jetzt. Ruhig.
„Grant?"
„Yes."
„Lass mich raus. Bitte."

„Wirst du...?"
„Ja."
„Gut."
Der Schlüssel bewegt sich im Schloss. Ich bin bereit, stehe genau an der Tür. Grant öffnet sie, weit, sieht mich an, lächelt, 'good girl', meine Hände hinter dem Rücken, er tritt näher. Ich lächle zurück und hole aus. Mit rechts das Olivenöl, mit links die Mehlpackung. Kippen und schütten, in einer einzigen, fließenden Bewegung. Ich bin stolz auf mich: voll ins Schwarze.
Eine Wolke aus Weiß senkt sich weich auf uns nieder. Nur da, wo ich ihn mit dem Öl getroffen habe, zieht sich eine dunkle, feuchte Spur über Grants Hemd und die Hose. Ein erschreckter Eisbär, der nun die Augen öffnet und mich ansieht. Ich bekomme die Reispackung nicht auf.
„Oh no", sagt der Eisbär, macht einen schnellen Schritt auf mich zu, packt den Reis mit einer großen Tatze, will ihn mir wegnehmen.
Wir ringen um unseren kostbaren Preis, beide drücken wir auf das Päckchen und es passiert, was passieren muss. Das Ding platzt, die Körner schießen heraus wie die Funken aus einer Sylvesterrakete, und die Überraschung in Grants Gesicht ist so komisch und so traurig zugleich. Er sieht aus wie der letzte Eisbär auf der schmelzenden Scholle, ein Opfer der Klimakatastrophe, und ich habe Mehl im Mund, in der Nase. Ich lache, ich huste, Grant hustet, lacht, seine Hand auf meinem Arm, sein Körper, ganz nah, plötzlich, und dann küsst er mich und es schmeckt wie eine Gemischtwarenhandlung, riecht nach Italien und Spaghetti Bolognese. Seine Arme um meinen Körper, seine Hände überall, grauweißer Matsch auf der Haut, in jeder Ritze, es kratzt,

egal. Lulu kommt doch noch auf ihre Kosten, Lulu kann gar nicht schnell genug die Beine breit machen und ich mache mit. Grant ist warm, er ist kräftig und vor allem sehr, sehr hungrig. Der Eisbär hat sich eine kleine, dicke Robbe gefangen, die er verspeist. Es ist einfach zu gut, es ist fucking good, es ist richtig, ich habe keine Angst mehr. Ich lasse mich fressen, ich bin die furchtlose Drahtseilkünstlerin in perfekter Balance, die Hölle ist geschlossen für heute, für jetzt, für diesen einen Moment. Ich höre nur noch seinen schnellen Atem an meinem Ohr, er flüstert „Baby" und das war's, das ist es.

Feine graue Härchen auf der Brust, die sich regelmäßig hebt und senkt. Ein Klümpchen Mehl in den Wimpern. Ich hatte schon vergessen, wie das ist: Ein warmer Körper im Bett. Ein atmender Schutz gegen die Dunkelheit vor dem Fenster. Wird es ausreichen gegen die irre Gespensterparade in meinem Hirn? Wird es mir helfen, tatsächlich? Oder werde ich wieder versagen? Werde ich ihn töten, so wie ich Matthew getötet habe? Grant. Er hat sich eingemischt. Er kümmert sich. Etwas liegt ihm an mir.
Oder? Nach nur ein paar Tagen? Vielleicht ist er nur scharf auf Lulu. Was tue ich hier, was tue ich mit meinem Leben?

16.
„Oh the nerves, the nerves; the mysteries of this machine called man! Oh the little that unhinges it, poor creatures that we are!"
Charles Dickens

Einen Tag näher dran an den offenen Türen. Ein Tag mehr Nieselregen und Grauen. Einen Versuch? Ein Anruf reicht. Doktor Alt wohnt in einer kleinen Villa in Zehlendorf. Ruhige Nebenstraße, ruhige Nachbarschaft. Hier und da ein zahnlos grinsender Kürbis im Vorgarten.
Grant findet problemlos einen Parkplatz für Puck. Macht das Autoradio an und stellt seinen Sitz zurück. Jemand behauptet lautstark „Loving you is a dirty job" und ich flüchte.
Ich fühle Grants Blick auf mir, während ich klingele, warte, die Tür aufdrücke. Drehe mich noch einmal um. Grant nickt. Das hellgraue Boss-Hemd steht ihm gut. Ich gehe rein.
Im Flur bullert der kleine Ofen vor sich hin, erfüllt das kalte Vorzimmer mit Leben. Durch ein Glasfenster sehe ich zwei Scheite glimmen. Wie das wohl ist, verbrannt zu werden? Lebendig? Zuzusehen, wie das Fett unter der Schwarte hervorquillt und Blasen wirft?
Hatten wir doch schon. Ist keine Option. Such dir was anderes aus.
Janus ist mitgekommen. Dafür bin ich dankbar. Vor allem, als mich Doktor Alt in sein Sprechzimmer bittet und ich das Loch sehen kann.
„Guten Tag, Frau Winter. Setzen Sie sich."
Der beigefarbene Teppich ist in der Mitte aufgerissen. Doch ich kann weder den Fußboden noch den Keller

darunter sehen. Nichts dergleichen. Stattdessen ein bodenloses schwarzes Loch.
Hüte dich vor der Anziehungskraft!
Janus hat es gleich gemerkt. Von dem Loch geht ein Sog aus. Nur schwach, doch fühlbar.
„Hören Sie Stimmen in Ihrem Kopf?"
Janus lacht, melodisch und leise.
„Ich bin Schriftstellerin. Ich habe eine Menge Fantasie, und manchmal macht sich eine von meinen Figuren selbstständig. Noch nie von 'Sechs Personen suchen einen Autor' gehört?"
Dr. Alt nickt ruhig.
„Ein Theaterstück von Luigi Pirandello. Sechs Figuren, die sich ein Autor ausgedacht hat, belagern einen Theaterdirektor, weil sie aufgeführt werden wollen."
Mein Psychotherapeut steckt voller Überraschungen.
„Ich bin sicher, Pirandello wusste, warum er das schrieb", sage ich.
„Soweit ich weiß, ging es ihm um die Unmöglichkeit, einander wirklich zu verstehen."
Pirandello hätte froh sein sollen, dass es nur sechs Figuren waren und nicht mehr.
„Frau Winter, Stimmen zu hören ist das Anzeichen für eine psychotische Episode."
Ich denke an Station zwei. An die nette Alkoholikerin im Bett neben mir, die immer das Essen stehen ließ, nur den Nachtisch aß. Radio Paradiso hörte und meistens schlief. Die sich nie im Fernsehzimmer blicken ließ. Denn da waren diese Stimmen, die aus dem Gerät heraus sprachen.
Mit ihr.
„Ich bin nicht psychotisch. Ich leide nicht unter Verlust meines Realitätsbezuges und ich bilde mir auch nicht

ein, dass aus meinem Fernseher Stimmen zu mir sprechen."
Und ich hasse die weichgespülte Musik von Radio Paradiso.
Gib's ihm, Maxi!
„Wie ist Ihr Schlaf?"
Dr. Alt sitzt in einem schwarzen Ledersessel am Fenster. Zu seinen Füßen bricht das Desaster aus, doch er bleibt von dem kosmischen Unglück völlig unberührt. Sein pausbäckiges Kindergesicht ist ernst.
„Welcher Schlaf?"
Ich schaffe ungefähr vier, fünf Stunden pro Nacht. Manchmal etwas mehr. Meist weniger. Ich bin viel zu aufgeregt, um zu schlafen.
„Sie wissen doch, wie wichtig ausreichend Schlaf für Ihr seelisches Gleichgewicht ist, Frau Winter."
Dr. Alt kritzelt etwas in seinen Hefter, auf dem mein Name steht.
„Keine Angst, ich liege genug im Bett."
Dr. Alt sieht auf.
„Wie meinen Sie das? Haben Sie wieder mit dem rumschlafen angefangen?"
Erwischt. Der gute Doktor weiß Bescheid.
Ich kann meinen Blick nicht von dem schwarzen Loch lösen. Die tiefe Dunkelheit darin scheint zu atmen.
„Ich bin eine freie Frau und kann tun und lassen, was ich will."
Das Kindergesicht bekommt tiefe Falten auf der Stirn.
Dr. Alt kritzelt hektisch in seinem Hefter herum.
Sag es ihm!
Was soll ich diesem Kindergesicht sagen? Dass ich alles tue für den Kick? Dass es ganz harmlos angefangen hat, mit erotischen Träumen, das ich mein eigenes Handge-

lenk geknutscht habe? So was macht man mit zwölf oder dreizehn, um herauszufinden, was das wohl für ein Gefühl sein könnte: ein Kuss. Aber nicht mit Ende vierzig, nur weil man dieses Gefühl haben möchte, diesen kurzen, scharfen, süßen Schmerz zwischen den Beinen, den Kick. Als ob man verliebt wäre und an das geliebte Wesen plötzlich, ohne Vorwarnung denken würde. Verliebt in das eigene Handgelenk?
Wer möchte nicht gerne verliebt sein?
Verliebt sein. Die rosarote Brille, das lustvolle Kitzeln im Bauch. Ich will mehr davon, immer mehr.
Grant? Will Lulu ihn oder ich?
„Frau Winter, so wie Sie Ihr Befinden schildern, die depressiven Gedanken einerseits und das Vorwärtsgetrieben werden andererseits, würde ich sagen, Sie stecken in einer ängstlich-agitierten Depression fest. Wie sieht es aus mit Ihrem Alkoholkonsum? Alkohol macht depressiv, das wissen Sie?"
Ach, Shiraz, mein Lieber.
Na los, Maxi. Sag's ihm!
„Ich will aussteigen. Ich bring mich um."
Doktorchen, sieh mich an. Na komm schon, guck mal hoch. Versteck dich nicht länger hinter dem Pappdeckel. Hör auf zu schreiben. Gib mir das Gefühl, ich sei nicht nur ein Forschungsobjekt.
„Kontrolle. Das hat mit Kontrolle zu tun. Sie möchten wenigstens über einen Bereich Ihres Lebens selbst bestimmen können."
Verdammt richtig. Und er guckt immer noch nicht.
„Aber auch in diesem Fall helfen Medikamente. Das Lithium zum Beispiel ist eine hervorragende Phasenprophylaxe, sowohl gegen psychotische Schübe als auch gegen destruktive Gedanken."

Jetzt. Er lächelt.
Wirf deine Pillen ein und halt die Klappe.
„Lithium ist was für Politiker und Serienkiller."
Janus spendet Beifall, und das Loch wird ein winziges Stückchen breiter.
„Es wird oft behauptet, das Lithium die Emotionen flach hält, sowohl nach oben als auch nach unten. Tatsache ist, es gibt kein anderes Medikament auf dem Markt, welches so lange und so erfolgreich bei bipolaren Störungen eingesetzt wurde. Sie haben das Lithium doch schon erfolgreich eingenommen, wir hatten Sie auf einem guten Funktionsniveau!"
Janus, immer noch am Fenster, will sich ausschütten vor Lachen.
Ich glaube, einen Stern im schwarzen Loch zu sehen. Oder ist es nur eine Reflektion der potthässlichen Bauhaus Stehlampe?
„Ich fühle mich wie in Watte gepackt, wenn ich das Zeug schlucke. Alles ist irgendwie gedämpft, ich kann mich nicht konzentrieren."
Ich sehe aus dem Fenster, erhasche einen Blick auf nasses Grün. Mein Therapeut hat einen großen, gutgepflegten Garten.
„Ich kann nicht schreiben."
Dr. Alt hingegen schreibt wie besessen. Immer schön in seinen gelben Hefter.
„Frau Winter, wir können Sie auf ein anderes Medikament einstellen. Lamotrigin käme infrage. Aber Sie müssen mitmachen."
Ein angemessenes Funktionsniveau erreichen?
„Frau Winter, Sie kennen Ihre Frühwarnzeichen. Sie waren schon einmal auf Station und hatten anschließend sechs Wochen Psychoedukation in der Tagesklinik.

Setzen Sie um, was Sie gelernt haben!"
Was hast du gelernt, Mädchen?
Das schwarze Loch im Boden öffnet sich ein Stückchen mehr. Ich habe gelernt, mich selbst zu programmieren. Jeden Abend um elf ins Bett, jeden Morgen um sieben aufstehen. Einen Plan machen. Nein, keinen großen, allgemeinen. Sondern einen richtigen Stundenplan für jeden einzelnen Tag der Woche. Wann aufstehen, wann essen, wann arbeiten, wann ficken, wann scheißen. Regelmäßigkeit. Immer schön dran halten. Wie ein pawlowscher Hund. Meine Übungen machen. Autogenes Training für die innere Ruhe. Jeden Tag zur selben Zeit. Und vor allem: kein Alkohol.
Janus lacht schon wieder.
Sinnlos.
„Sinnlos", sage ich laut.
Dr. Alt schreibt auch das in seinen Hefter.
„Das sind keine hilfreichen Gedanken, nicht wahr? Ihre Gefühle werden von Ihren Gedanken beeinflusst, Frau Winter. Sie selbst sind dafür verantwortlich. Sie können das steuern. Wenn Sie es üben."
Oh ja, ich kann das steuern. Geradewegs an die Wand.
„Regelmäßigkeit in der Lebensführung und Ihre Tabletten. Sie wissen, Frau Winter, dass das Lithium unter Umständen seine Wirkung verliert, wenn man es aussetzt und dann wieder nimmt?"
Ich erinnere mich daran, wie es war, meine restlichen Tabletten zu feinem, weißen Pulver zu zerstampfen und diese in der Toilette hinunterzuspülen. Gleichzeitig spülte ich alle Stundenpläne, geregelten Tagesabläufe und die ängstliche Selbstbeobachtung hinunter. Nie wieder würde ich mich fragen, ob meine Freude, meine Lust am Sonnenaufgang, das Anzeichen einer beginnenden

Manie war oder nur ganz normale Lebensfreude. Als auch der letzte Krümel in der Porzellanschüssel meiner Toilette verschwunden war, hatte ich aus dem Fenster gesehen. Jemand zog gerade den Vorhang auf. Den Vorhang vor meinem Leben. Es war, als würde sich ein feiner Grauschleier lüften, und plötzlich fingen die Farben an zu leben. Alle Farben.
„Fantastisch", sage ich leise.
Dr. Alt schüttelt den Kopf.
„Möchten Sie wieder ins Krankenhaus? Soll ich dort anrufen?"
Der Sog verstärkt sich. Einzelne Dielenbretter beginnen sich zu lösen. Ein Stück Teppich verschwindet im Loch.
„Nein. Ich gehe nicht wieder auf Station."
Ich klammere mich mit den Händen an der Sessellehne fest. Hat sich der Sessel bewegt?
„Ich gebe Ihnen ein neues Rezept. Nehmen Sie diese Tabletten, machen Sie Ihre Übungen. Denken Sie an den geregelten Tagesablauf. Ansonsten sehe ich nur noch eine Möglichkeit."
Der Sessel bewegt sich tatsächlich. Er rutscht auf das Loch im Boden zu, Millimeter für Millimeter.
„Elektrokrampftherapie. Elektrische Schocks am Gehirn, die einen epileptischen Anfall auslösen. Keine Angst, das passiert unter Narkose, und die Ergebnisse sind bei 75% der Patienten positiv."
Jack Nicholson haben sie damit fertig gemacht. Erinnerst du dich an den Film? Zu einer sabbernden Hülle reduziert.
Der Sessel fliegt vorwärts. Ich schließe die Augen. Mein Magen rebelliert.
„Ich will einen Bluttest machen."
Habe ich das wirklich gesagt? Und hat Alt es gehört über dem Brüllen des Höllenschlunds hinweg?

„Aids?"

Ja, er hat es gehört.

„Auch. Und Hepatitis C."

Der Stift ruht. Dr. Alt runzelt die Stirn.

„Frau Winter, ich kann Sie einweisen lassen, wenn ich Ihre geistige und körperliche Gesundheit gefährdet sehe."

Niemals. Raus hier, schnell. Aber unauffällig.

„Geben Sie mir das Rezept. Ich versuche es. Versprochen."

Er reicht es mir herüber. Doktor Alt sieht zum ersten Mal an diesem Nachmittag so aus, wie er heißt.

„Rufen Sie mich an, Frau Winter. Jederzeit."

Der Assistent macht den Test. Es tut auch gar nicht weh.

Er öffnet die Tür, ich flüchte. Das Heulen aus dem Höllenschlund wird leise, verstummt aber erst, als ich wieder neben Grant im Auto sitze.

17.
„I am in that temper that if I were under water I would scarcely kick to come to the top."
John Keats

Puck benimmt sich.
„Are you all right?"
Ich stopfe mir das Rezept in die Hosentasche, nicke. Zurück nach Hause. Mein Shiraz wartet schon.
„Stop, Grant!"
„Es regnet."
„Scheiß drauf. Das bisschen Regen bringt mich nicht um. Leider. Da vorne links ist ein Friedhof. Fahr uns auf den Parkplatz daneben."
Wer weiß, ob ich hier noch mal vorbei komme. Da kann ich auch gleich heute 'good bye' sagen. Also raus. Das Gesicht in den Regen halten. Sanfter, stetiger Landregen. Tief durchatmen, die Lungen vollsaugen mit feuchter Herbstluft. Laufen. Einfach geradeaus, an den Steinen vorbei. Nicht denken. Nur laufen. Alles rauslaufen, den Kopf leerlaufen. Den Kopf gesund laufen. Das wäre schön. Ich würde gerne meinen zuständigen Botenstoffen regelmäßiges Joggen verordnen. Soll ungemein positiv auf das System wirken. Regen tropft von den Blättern. Laub auf dem Boden. Herbst. Alles stirbt, fault, verrottet. Wenn ich mich nur hier lang legen und einfach tot sein könnte. Ich möchte doch nur verschwinden. Nicht mehr da sein. Meine ewige Ruhe haben. Wird aber schwierig werden. Ich bin nämlich nicht mehr allein. Grant stampft entschlossen hinter mir über die Kieselwege. Egal. Da sind sie schon. Hallo Mutter. Paps. Mensch, seid ihr ungepflegt. Wofür bezahle ich diese dämliche Friedhofsverwaltung?

„Ist schon in Ordnung, Grant. Geh zum Wagen zurück."
Keine Antwort. Der Regen hat ihn völlig durchweicht, der Sakko klebt an seinem muskulösen Oberkörper wie eine zweite Haut. Er blickt hinter mich auf den Grabstein, liest die Namen, Geburts- und Todesdaten, runzelt die Stirn.
„Deine Eltern?"
„Ja. Brigitte und Rolf."
„Why is your name on it?"
Mein Name, mein Geburtsdatum.
„Für drei war es billiger. Mein Vater war Buchhalter. Hat sich einen Jungen gewünscht. Der sollte Maximilian heißen. Stattdessen bekamen sie mich. Maximiliane."
Ich sah Grant an.
„Pass lieber auf. Ich neige dazu, Menschen herbe zu enttäuschen."
Die Augenbraue tritt wieder in Aktion. Aus den stoppeligen grauen Haaren laufen die ersten Wassertropfen über sein Gesicht.
„Meine Mutter hat mir früher die Haare so kurz schneiden lassen, dass einer von diesen kleinen Bastarden aus dem Freizeitclub mich gefragt hat, ob ich ein Junge oder ein Mädchen bin."
Er mustert mich kurz von oben bis unten. Lächelt.
„No mistaking that now."
Ein Kompliment? Ich bin überrascht, vor allem über das plötzliche warme Gefühl im Bauch.
„Nach der Filmpremiere des ersten „Dunkelkind-Buches" habe ich ihnen ein Segelboot geschenkt. Mein Vater liebte das Segeln, als junger Mann war er oft auf dem Wasser. Niemand weiß genau, was passierte, als Mutter und er das erste Mal rausgefahren sind. Ob sie die Un-

wetterwarnung überhörten oder ob er seine Fähigkeiten überschätzt hatte. Keine Ahnung. Das Boot kenterte mitten auf dem Wannsee. Sie sind beide ertrunken."
Ein Regenwurm kriecht über die schimmligen Blätter, findet ein Stück feuchte, schwarze Erde und bohrt sich gemächlich hinein.
„Ist besser so. Sie wären nur wieder enttäuscht von mir, wenn sie mich so sehen könnten."
Er schnaubt ungläubig.
„Du bist eine erfolgreiche Schriftstellerin."
War. Ich war mal eine erfolgreiche Schriftstellerin.
„Kennst du den Film 'Einer flog über das Kuckucksnest'?"
Grant nickt.
„Elektroschocks. Das hat mir mein Therapeut geraten. Gerade eben. Über zwei Elektroden wird Strom ins Hirn gejagt und ein Krampfanfall ausgelöst. Dann geht's dir wieder besser. Nur ein paar kleine Nebenwirkungen, wie Kopfschmerzen, Gedächtnisverlust und ein Nachlassen der Kreativität. Unerheblich."
Der Regenfluss versiegt, es tröpfelt nur noch ein bisschen. Wie die Reste meines Make-ups aussehen, will ich lieber nicht wissen.
Kälte kriecht von unten meine Beine hoch wie tote Finger. Ich betrachte den Grabstein ein letztes Mal.
Tschüss, ihr beiden.
„Ich habe sie umgebracht. Genauso wie ich Matthew umgebracht habe."
Ein erneutes Schnauben.
„Bullshit. Das mit deinen Eltern war ein Unfall. Und dein Mann hat den Unterschied nicht kapiert. Nicht du hast ihn betrogen, sondern deine Krankheit."
Zwei Therapeuten zum Preis von einem.

Heute muss mein Glückstag sein.
Ich drehe mich um und gehe durch die Reihen zurück, Grant im Schlepptau. Steine überall. Geliebte Ehefrau, von allen vermisste Tochter, innigst geliebter Mann. Auf einem kleinen Grab ein Haufen Stofftiere: Plüschelefanten, Teddybären. Herb duftender Buchsbaum, daneben ein rotes immerwährendes Licht, das dem nachlassenden Regen trotzt. Graue Gespensterbirken. Ein schwarz bemooster Marmorengel sieht gelangweilt ins Nichts. Da hinten, ganz am Ende, ist eine Grabstelle frei. Ohne groß nachzudenken steuere ich darauf zu. Betrachte den feucht glänzenden, mit Blättern übersäten Rasen eine Weile. Egal, ich bin sowieso schon total durchweicht. Und dann lege ich mich hin, auf den Rücken, ganz gerade. Falte die Hände auf dem Bauch. Sehe in die Bäume über mir, ein Stück grauen Himmels dazwischen. Modrige Erde im Rücken, die nur darauf wartet, mich aufzunehmen und zu Kompost zu verarbeiten. Irgendwo über mir atmet Grant tief ein und wieder aus. Und dann, zu meiner Überraschung, lacht er leise, bückt sich zu mir herunter, legt sich neben mich.
„What now?"
„Hör mal. Hörst du es?"
„Was?"
„Nichts. Ruhe. Einen Vogel oder zwei. Fallende Blätter."
„Nichts."
„Genau. Nirvana. Das ist es, was ich will. Dafür springe ich vor den Zug, dafür hüpfe ich vom Hochhaus. Ruhe, Frieden, Nichts. Keine Angst mehr vor der nächsten Manie oder, schlimmer noch, der nächsten Depression. Nie mehr von Dingen getrieben werden, über die ich nicht das kleinste bisschen Kontrolle habe. Ich will

nichts mehr fühlen müssen. Nie wieder. Und solange ich noch Energie übrig habe, bevor alles von der nächsten Depression verschlungen wird und ich zu nichts mehr fähig bin, muss ich es tun."
„Was tun?"
„Ich bringe mich um."
Er stützt den Oberkörper auf, sieht mich an. Ruhig, aufmerksam. Er hört mir zu. Der Erste, der mir wirklich zuhört: ein Knacki aus England. That's Life.
„Im Knast gab es diese endlosen, toten Stunden, da wollte ich nicht mehr. Hab drüber nachgedacht. Hätte mich nur mit einem der Idioten anlegen müssen, die erst zuschlagen und dann den Rest ihres Gehirns gebrauchen."
„Warum hast du es nicht getan?"
Ich bin ernsthaft interessiert.
„Irgendwie ging es immer weiter. Wurde besser von ganz allein."
Bis zum nächsten Mal. Bis es wieder unerträglich ist. Wie kann ich es ihm begreiflich machen?
„Manchmal tut es so weh, dass ich die Augen zumachen muss, um den Schmerz nicht zu hören."
Grant schweigt. Regen tropft von den Blättern. Von der Straße her ein entnervtes Hupen. Mein Hintern ist nass.
Es gab schon andere vor mir, die haben es geschafft.
„Heinrich von Kleists Grab ist ganz in der Nähe. Drüben, am kleinen Wannsee. Ein deutscher Dichter, der Selbstmord begangen hat. In seinem Abschiedsbrief schrieb er: 'Die Wahrheit ist, dass mir auf Erden nicht zu helfen war'."
Ein nasses, braunrotes Blatt schwebt auf mich zu, landet in meinem Haar. Grant streckt die Linke danach aus, nimmt es weg. Streift meine Stirn mit seiner Hand. Ein

kleiner Schauer läuft meinen nassen Rücken hinunter. Grant hält das Blatt zwischen den Fingern, betrachtet die Adern.
„Pity", sagt er, „mir hat er sehr geholfen. Und ein paar von den anderen auch."
Mein Boxer kann lesen und er kennt Kleist? Warum muss ich so kurz vor meinem Ende noch mit der Nase drauf gestoßen werden, wie viele Vorurteile ich habe?
„Kleist hat dir geholfen? Und welchen anderen?"
„Knasttheater. Wir haben Stücke aufgeführt. Die 'Penthesilea' zum Beispiel. Text etwas verändert, an unsere Lebensgeschichten angepasst. Aber das Wichtigste war, das wir während der Proben raus konnten. Raus aus unseren Zellen, raus aus der Monotonie und der Isolation. Wir haben gelebt, geliebt, gefühlt. Vor allem gefühlt."
Ich muss zwinkern, Regen tropft von seinen Haaren auf mich herunter, läuft über meine Augenbrauen.
„Are you sure?"
Seine Stimme ist leise, heiser, eindringlich.
„Womit?"
„Du willst nichts mehr fühlen?"
Ich schließe die Augen. Sie sind nass. Regen überall, ich fließe, stürze, strudle davon, dann öffnet sich die Erde, unter mir heult das kalte, schwarze Nichts. Ich fahre mit der Linken durch die Luft, greife ins Leere, will nicht fallen und wundere mich doch. Lass einfach los, wolltest du nicht loslassen, aber dieses Nichts hat Zähne. Es beißt. Nicht die kalte schöne Stille, nach der ich mich sehne, sondern ein brennend heißes Höllenbiest mit Krallen, das mich zerfetzen wird. Und meine Linke trifft auf Widerstand. Halt, ein Halt, halt mich fest, mach, dass es aufhört, es soll aufhören, bitte, Grant. Ich klammere mich an ihn, kralle meine Fingernägel in seine

Oberarme, er zieht mich näher zu sich heran, hält mich, mein Regenkönig, fest. Sein warmer Atem streift meine Nase, meine Wangen, seine Lippen auf meiner Stirn, meinen Augen, meinem Mund. Er knabbert zärtlich an meiner Oberlippe, küsst mich, ich küsse zurück. Schmecke Salz und Mann, ein Regenkuss, ein Wasserkuss. Ich sauge seine Zunge in meinen Mund, halte mich daran fest, verankere mich, falle nicht mehr, nicht mehr heute. Er schmeckt gut. Ein bisschen nach Blut. Ich habe ihn in die Unterlippe gebissen.
„Küsse, Bisse. Das reimt sich und wer recht von Herzen liebt, kann schon das eine für das andere greifen."
Grant zitiert in meinen Mund, lacht, küsst. Solide. Mein Fels im Höllenschlund. Ich will ihn nicht mehr loslassen.
Ich will fühlen, wie er sich in mir bewegt. Wieder und immer wieder. Verdammt. Das hat mir gerade noch gefehlt.

18.
„Better to be without logic
than without feeling."
Charlotte Brontë

Hallo Maxi. Oder soll ich besser Lulu sagen?
Janus klingt ein wenig verschnupft. Er hat den Lesesessel in meinem Arbeitszimmer okkupiert und wirft mir schwarze Blicke zu. Ich sitze am Schreibtisch vor meinem Laptop.
Grant ist unten und liest. Ich spiele 'Was wäre, wenn'?
Ein kleines Gedankenspiel, das den Schriftsteller aus der Schreibblockade befreien soll. Stell dir vor, was passieren würde, wenn...
Aus der linken Hosentasche kommt mein Schweizer Taschenmesser. Es ist immer bei mir, eine zuverlässige gewichtige Erinnerung daran, dass es möglich ist. Das Ende. Ruhe, Frieden. Auslöschung. Keine Mühe, keine Schmerzen mehr. Aus der rechten Hosentasche kommt das Rezept von meinem Therapeuten. Zerknitterte Hoffnung. Möhrchen für die Eselin, die gierig hinterherjagt und nie ran kommt. Ih-ah.
Was machst du?
Mein sexy Professor ist neugierig geworden. Er hat seinen bequemen Platz verlassen und steht neben mir am Schreibtisch. Seine Augen wandern von einem Objekt zum anderen. Was wäre, wenn ich mich umbringe? Endlich Ruhe, endlich Frieden.
Woher weißt du das?
Komm mir nicht mit dem Blödsinn von Himmel und Hölle, Janus. Ich glaube nicht an Gott. Mein Körper wird zerfallen, kompostiert, und ich verteile mich auf alles Lebende, gehe ein in den großen Kreislauf.

Du könntest wiedergeboren werden. So lange, bis du die Erleuchtung erlangst.
Ich bin nicht Buddha.
Oder dein Astralleib überdauert dich, und du spukst fortan durch die Gegend.
Esoterischer Blödsinn. Nein, wenn ich das tue, dann ist Schluss. Endgültig.
Aber was wäre, wenn ich das Rezept einlöse? Was, wenn ich feststelle, dass diese Tabletten meine Kreativität nicht völlig erlahmen lassen? Was, wenn ich schreiben könnte? Leben könnte? Lieben?
Was, wenn nicht?
Zeus hat Pandora eine Büchse für die Menschen mitgegeben und ihnen streng verboten, diese zu öffnen. Natürlich mussten sie es daraufhin sofort tun. Alle Übel dieser Welt entwichen und nur Pandoras Geistesgegenwart ist es zu verdanken, dass die Hoffnung übrig blieb.
Nietzsche sah das anders. Er glaubte, die Hoffnung sei das Übelste aller Übel, weil sie die Qual der Menschen verlängert.
Du bist wirklich hilfreich.
Fragen Sie Professor Janus. Rat in allen Lebenslagen.
Das war kein Rat.
Hoffnung ist etwas für Leute, die unzureichend informiert sind.
Und deine Zitate sind geklaut. Du glaubst, ich schaffe es nicht?
Was wäre, wenn du die Tabletten nimmst. Sie schlagen an, du kannst wieder schreiben. So weit, so gut. Aber die Kritiker werden dein Buch verreißen, weil du nicht zu deiner alten Form zurückgefunden hast. Die Verkäufe stagnieren, und du kannst deine Schulden nicht bezahlen. Und er? Dieser englische Kriminelle, von dem du so gut wie nichts weißt? Wird er hier bleiben, bei dir?
Wir können auch zusammen nach England gehen. Ich hänge nicht an Berlin.

Siehst du, du hast es gesagt: Wir, zusammen. Gibt es für deinen Boxer überhaupt ein 'wir'? Was wäre, wenn er gelangweilt ist, weil Lulu nicht mehr so oft Lust hat, weil sie vielleicht ganz verschwindet? Was, wenn er in kurzer Zeit die Schnauze voll hat von seiner hässlichen Deutschen? Was, wenn er sowieso nur auf das Geld scharf ist?
Ich sehe mein zuverlässiges Taschenmesser an. Ist immer noch ein bisschen verkrustet. Ich lecke meinen linken Zeigefinger an und fahre über das Klingenblatt. Stecke mir den Finger in den Mund.
Als Mädchen habe ich mal an der Eisenstange vom Karussell geleckt. Das hier schmeckt genauso. Kalt, metallisch, mineralisch. Ich nehme ein ergrautes Taschentuch aus meiner Schublade und fange an, zu polieren. Gleichmäßige, ruhige Bewegungen, bis es wieder blitzt. Nichts im Kopf außer Monotonie.
Tut mir leid, Maxi.
Ich verstehe dich nicht. Du solltest dich doch freuen. Was wäre, wenn ich es schaffe und das Buch brillant wird?
Ich will nicht sterben. Aber ich will dich auch nicht leiden sehen. Denk an die Elektroschocks. Das erscheint mir unnötig grausam.
Ich betrachte mein Messer. Es ist einsatzbereit. Das graue Taschentuch hat sich rotbraun gefärbt. Dieser Ausweg, handlich, klein und tödlich, steht mir jederzeit zur Verfügung.
Die Frage ist, wie lange meine Energie reichen wird. Ich klappe es zusammen und verstaue es wieder in meiner Hosentasche. Warteposition.
Schnappe mir das Rezept und gehe runter. Grant ist nicht in der Küche und auch nicht im Wohnzimmer. Zögernd klopfe ich an die Tür zum Wunderland.
„Come in."

Er hat sich auf der Campingliege ausgestreckt und betrachtet die Schachfiguren an der Decke.
„Always wanted to play chess."
Ich versuche, nicht zur Wickelkommode zu sehen.
„Kann ich dir beibringen."
Er setzt sich auf, die Liege knarrt gepeinigt.
„Really? Great."
Ich halte ihm das Rezept hin.
„Tut mir leid, dich zu stören. Könntest du für mich mal kurz zur Apotheke fahren?"
Er steht auf, nimmt mir das Papier aus der Hand, wirft einen kurzen Blick auf die Unterschrift des Arztes. Nickt, steckt es ein. Zieht mich zu sich heran, hält mich fest.
„Ich habe über die fliegenden Schweine nachgedacht."
„Ach ja?" sage ich an seiner Brust.
„Ist wie mit den Hummeln. Viel zu kleine Flügel, viel zu große Körper. Nach den Gesetzen der Aerodynamik können sie unmöglich fliegen. Die Hummeln wissen das nicht und fliegen einfach."
Ich bekomme einen Kuss auf den Scheitel.
„Back soon."

19.
„The devil's most devilish when respectable."
Elizabeth Barrett Browning

Was gibt's zum Abendessen? Der Kühlschrank ist randvoll gestopft mit geheimnisvollen Päckchen und Paketen. Ich nehme eine Ecke Cheddar-Käse und schließe die Tür wieder. Eine kleine, gestreifte Hummel saust durch die Küche. Wo kommt die denn her um diese Jahreszeit?
Es klingelt.
„Grant? Hast du deinen Schlüssel vergessen?"
Ich reiße die Tür auf, kaue, freue mich. Sehe ein Skelett vor mir stehen. Brauche einen Moment, um mir darüber klar zu werden, dass ich nur einen sehr, sehr dünnen, sehr, sehr hageren Mann vor mir habe, dessen Augen in tiefen, dunklen Höhlen liegend, ungesund funkeln. Er trägt einen langen schwarzen Mantel und seine Glatze glänzt feucht.
Das Skelett öffnet seinen knöchernen Mund.
Ich erwarte, das es 'Trick or treat' sagt, obwohl doch noch nicht Halloween ist.
„Hello, Mrs. Winter."
Ein höfliches englisches Skelett?
„Es tut mir leid, Sie zu stören, aber ich bin ein Freund von Grant. Wir sind verabredet."
Merkwürdiger und merkwürdiger. Ein Freund von Grant? Grant hat Freunde? Freunde, die er hierher bestellt? Sklettfreunde?
„Stark. Thomas Stark."
Eine Wolke teuren Parfums hüllt ihn ein. Als hätte er in Boss gebadet, um den Verwesungsgeruch zu verdecken, der ihm anhaftet. Er streckt seine Hand aus und auto-

matisch nehme ich sie. Kalt, hart, feucht. Ein Händedruck wie von einer Hummerschere.
„Bitte", sage ich überrumpelt, „kommen Sie doch herein."
Habe ich noch alle Finger an der Hand? Er klappert an mir vorbei. Wenn ich eine Figur für eine Horrorgeschichte zu erfinden hätte, würde sie ganz genauso aussehen.
„Vorne, links. Da ist die Küche. Mögen Sie Kaffee?"
Er steht im Korridor und hat sich fragend zu mir umgedreht. Jetzt nickt er und geht voran.
„Setzen Sie sich", sage ich und deute auf den Küchentisch. Das Skelett schiebt sich gehorsam zusammen.
„Grant wird jeden Moment kommen."
Beeil dich, Grant. Dein angeblicher Freund gefällt mir nicht. War er es, mit dem du telefoniert hast?
„Zucker, Milch?"
„Nein, danke."
Die Hummel misst das Küchenfenster aus. Sie will raus. Ich würde es gerne für sie öffnen, aber ich mag dieser Horrorgestalt nicht den Rücken zudrehen. Er hält den Kaffeebecher mit zierlich abgespreizten Knöchelchen.
Ich setze mich ihm gegenüber an den Tisch.
„Woher kennen sie sich?"
Er lässt seinen dunklen Blick durch die Küche schweifen, betrachtet die offene Speisekammertür, grinst.
„Moss Side. Wir sind zusammen aufgewachsen."
Jetzt fällt mir wieder ein, was Grant im Aquarium gesagt hatte. Das hier ist also der alte Kumpel? Ich sehe den Hai vor mir, wie er seine Runden dreht. Und plötzlich, ganz unvorbereitet war mir, als würde jemand ein paar Eiswürfel mein Rückgrat herunterlaufen lassen. Schön langsam. Ich zittere unwillkürlich.

„Er hat Ihnen von mir erzählt, stimmt's?"
Das Skelett ist ein aufmerksamer Beobachter. Jetzt verzieht sich sein knochiges Gesicht zu einem wahrhaften Totenschädelgrinsen.
„Der gute Grant. Groß, stark, zuverlässig. Hat studieren wollen, damals. So ein Blödsinn, noch nicht mal die Schule hat er geschafft. Und dann wollte er unbedingt Koch werden. Das habe ich ihm ausgeredet. Den ganzen Tag in der Küche schwitzen und am Ende kaum was verdienen. Es gibt lukrativere Geschäfte. Wir sind dann ein prima Team geworden: Muscles und Brains."
Das Skelett lacht hell und schneidend. Auf dem Friedhof stürzen die Grabsteine um. Ich umklammere meinen Kaffeebecher. Die Hitze brennt sich in meine Handflächen und das ist gut. Es hält die aufsteigende Angst in Schach.
„Wir hatten verschiedene Dinger zu laufen. Am besten ging der Puff. Das Violet Taboo. Ich war der Boss, und Grant hat sich um die Randalierer und Trunkenbolde gekümmert. Einfache Arbeit, viel Geld und schöne Mädchen."
Das Skelett sieht an mir herunter, mit einem Blick, der mich auf die letzte Müllhalde verbannt. Da, wo es am meisten stinkt.
„Er konnte gut mit den Mädchen. Besonders die, die nicht mehr mitmachen wollten. Ein paar Stunden oder auch Tage in seinen großen Händen und sie waren wie neu, haben wieder tadellos funktioniert."
Er sieht nachdenklich in den Garten hinaus.
„Keine Ahnung, wie er das gemacht hat. Er ist ein guter Zuhörer, nehme ich an. Aber Grant hat nachgelassen. Er ist alt geworden. Erledigt seine Jobs nicht mehr. Lässt sich in den Knast stecken. Man muss ein bisschen

auf ihn aufpassen. Und deshalb bin ich hier. Na gut, ich treffe auch ein paar Leute. Business, Sie verstehen schon?"
Das Skelett hält mir seinen leeren Becher vor's Gesicht.
„Könnte ich noch etwas Kaffee bekommen?"
Ich nicke sofort, stehe auf, muss mich kurz am Tisch festhalten. Meine Beine sind mit Gelee gefüllt, sie wollen mich nicht tragen. Mein ungebetener Besucher aus der Hölle kichert.
„Hübsch. Wirklich. Ich meine, wenn Sie noch ein paar Kilo abnehmen würden, wären Sie ganz passabel. Trotzdem, ich frage mich, wie haben Sie das geschafft? Sie sind ganz und gar nicht sein Typ. Er steht mehr auf die schmalen Blonden. Sie wissen schon, zarte, ätherische Geschöpfe, die aussehen, als ob sie zerbrechen würden, wenn man sie nur zu lange ansieht."
Ich bringe den gefüllten Becher zurück an den Tisch und bin froh, dass ich ihn absetzen kann, ohne etwas zu verschütten.
„Nach allem, was man hört, mangelt es in diesem Haushalt nicht an Spirituosen. Wie wär's mit etwas Hochprozentigem, um diese Brühe ein wenig zu beleben?"
Ich stolpere ins Wohnzimmer, hole eine Flasche Whisky. Was hat Grant ihm noch erzählt? Vor allem, was will er hier? Was will Grant?
„Na, hier sieht's aber aus."
Das Skelett ist mir gefolgt. Nimmt mir die Whiskyflasche aus der Hand, öffnet sie. Setzt an und trinkt.
„Schon besser. Jetzt Sie, Mrs. Winter. Oder darf ich Maxi sagen? Du kannst mich gerne Stark nennen."
Und wieder das kalte Lachen. Ich nehme die Flasche entgegen, klammere mich daran wie an einen Rettungsanker, trinke, huste, es wird warm in meinem Magen.

„Setz dich."
Er drückt in meinen Bauch, ich falte mich zusammen und plumpse auf das Sofa. Er setzt sich dicht neben mich. Legt seinen Arm um meine Schultern, ein ekelhaftes, totes Gewicht, spielt mit einer Strähne meiner Haare.
„Alle diese Bücher", sagt er gewollt träumerisch.
„Und zwei davon hat sie sogar selbst geschrieben. Jetzt warten alle auf das Dritte. Na, wo isses denn?"
Jetzt weiß ich, was er will. Worauf das hinausläuft. Jetzt weiß ich, was Grant gesucht hat, was er immer noch sucht, jetzt weiß ich, warum er immer noch hier ist, warum er es bei mir ausgehalten hat die ganze Zeit. Dieses Wissen verpasst mir einen linken Haken und ich gehe K.o. Liege am Boden, kann mich nicht mehr rühren, kann kaum noch atmen. Jeder Knochen in meinem Körper ist zersplittert, und ein paar blutig weiße Stücke bohren sich gerade in mein Herz. Ich sterbe, ein bisschen.
„Mrs. Winter? Maxi?"
Das Skelett zieht mich schmerzhaft an den Haaren.
„Nicht ohnmächtig werden. Schön hierbleiben, kapiert? Der Spaß hat doch noch nicht mal angefangen."
Ich giere nach Luft wie ein Schwimmer, den eine Welle viel zu lange unter Wasser gedrückt hat.
„Warum?" bringe ich heraus.
Er schüttelt den Kopf.
„Hast du denn nicht zugehört? Geld! Warum sonst. Ein ganz besonderer Freund von mir, der einen Haufen Kohle hat, will seinem Sohn zum Geburtstag eine wirkliche Freude machen: Teil drei der „Dunkelkind" Saga. Exklusiv. Bevor es alle anderen in den Läden kaufen können."

Mir wird schwindlig.
„Siehst du, es handelt sich um einen wirklich guten Freund. Sonst würde ich mir nicht die Mühe machen. Aber er zahlt gut. Er zahlt sogar verdammt gut. Und mit seinen Verbindungen kann ich mein Geschäft noch weiter ausbauen. Ich komme bis ganz nach oben. Aber nur, wenn du mir das Manuskript lieferst."
Er greift mit der rechten Hand in meine Haare, zieht meinen Kopf zu sich heran. Mein linkes Ohr dicht an seinem Mund. Sein Atem riecht nach Aas und Würmern. Mir wird übel.
„Grant sagt, du schreibst nicht mehr? Er hätte auf deinem Computer nur ein halbfertiges Manuskript gefunden und das sei Jahre alt?"
Ich nicke. Das kostet mich fast alle Kraft, die ich noch habe.
„Was machst du den ganzen Tag lang da oben in deinem Arbeitszimmer, an deinem Computer? Saufen? Schweinische Mails schreiben an dämliche Idioten, die ihren Schwanz in jedes Loch stecken, das sich anbietet?"
Ich kann nicht antworten. Ich muss atmen.
„Grant ist kein Volltrottel. Er kennt sich ein bisschen mit Computern aus. Aber in deinen reinzukommen, war sogar für ihn ein Kinderspiel. Deine Dateien sind ja noch nicht mal passwortgeschützt. Und den Zugangscode für den Schweinkram hast du netterweise gleich gespeichert."
Ich kann mich nie an Passwörter erinnern. Wozu auch. Wer hat sich schon je für meinen Computer interessiert?
„Komische kleine Irre. Und das ist nun die berühmte Kinderbuchautorin."
Das Skelett schüttelt schon wieder den Kopf. Seine Halswirbel knacken hörbar. Er lässt mich los, ich sacke

nach hinten auf die Sessellehne. Fühle mich wie eine Marionette, der alle Fäden gekappt wurden. Das Skelett sieht auf seine Armbanduhr.
„Unser Freund lässt auf sich warten."
Ein abschätzender Blick zu mir hinüber:
„Wie wär's, Mrs. Winter, möchtest du mir nicht zeigen, was es ist, das den lieben Grant so aus der Fassung bringt?"
Er langt zu mir herüber, legt seine harte Rechte auf meine Brust, knetet beiläufig, als wolle er das Stadium der Verwesung prüfen.
Lulu wacht auf. Bitte nicht, nicht jetzt. Sie mag es. Sie will es. Ich bin ganz unten. Tiefer geht es nicht mehr. Ich kratze das Männerklo am Bahnhof mit einer Zahnbürste aus, die ich anschließend benutzen werde.
Ich ekle mich vor mir selbst.
„Wir teilen sowieso alles", kichert das Skelett und leckt sich mit der grauen Zunge über die spitzen, leicht vorstehenden Zähne. Sein Friedhofsgeruch, vermischt mit Boss, kriecht in meine Poren, verklebt meine Sinne.
Ich schließe die Augen. Das will ich nicht sehen.
Lulu protestiert. Sie will alles sehen.
„Ich hatte noch nie eine alte Frau."
Ich sterbe noch ein bisschen mehr. Vielleicht bin ich hinterher ganz tot? Vielleicht schaffen Lulu und das Skelett es zusammen und dann reißt irgendetwas, dann geht ein entscheidender Teil in mir kaputt, irreparabel, und ich verbringe den Rest meiner Tage in einer geschlossenen Anstalt? Schön ruhiggestellt und von nichts mehr wissend, nur noch daran interessiert, ob es zum Nachtisch Eis gibt.
Das tote Gewicht hebt sich von mir, ganz plötzlich.
„You little shit!"

Grant ist zurück.
Er hat das Skelett am Kragen gepackt, hochgezerrt und schleudert es zum Kamin hinüber. Er landet mit einem trockenen Knacken am Mauerwerk und rutscht auf den Boden.
Grant sieht kurz zu mir herüber, ich nicke leise, packe meine Titten wieder ein. Mehr hat das Skelett nicht geschafft.
„Was willst du, Stark?"
Das Skelett sammelt seine Knochen zusammen, steht auf und klopft sich seinen Mantel ab. Er sieht von Grant zu mir und wieder zurück.
Grant hat sich vor ihm aufgebaut, die Arme hängen locker an seinem Körper herab. Tödliche Wut strahlt von ihm aus wie Radioaktivität aus einem lecken Kraftwerk.
Trotzdem ist das Skelett Herr der Situation. Mustert Grant und verzieht den Mund zu einem Grinsen, das grellweiße, spitze Zähne sehen lässt.
„Pretty in pink, old boy?"
Grant trägt tatsächlich eines meiner Hemden. Es betont seine Muskeln und die kurzen, eisengrauen Haare.
„Shut the fuck up!"
Ich setze mich auf und lege meine linke Hand auf meine Hosentasche. Das Messer ist noch da. Hätte ich es schnell genug herausbekommen? Hätte Lulu mich gelassen?
Das Skelett grinst nicht mehr.
„Ich will, dass du deinen Teil unserer Vereinbarung einhältst. Ich will das Manuskript."
Grant sieht schnell zu mir herüber. Nicht schnell genug für das Skelett.
„Sie weiß es. Unsere gute Mrs. Winter hier weiß über alles Bescheid."

Unter Grants rechtem Auge bewegt sich ein kleiner Muskel. Er meidet meinen Blick, konzentriert sich auf sein Gegenüber.
„There is no fucking manuscript. Die Sache ist aussichtslos. Lass uns in Ruhe."
„Uns? Sie hat dich wirklich eingewickelt, mein Lieber. Kauft dir Hemden, kauft deinen Schwanz. Was ist aus deinem Traum geworden? Du wolltest sauber werden. Von deinem Anteil ein Restaurant aufmachen?"
Grant zuckt mit den Achseln.
„Ich werde etwas anderes finden."
„Ach ja? Der whore-wisperer? Ex-Knacki, Ex-Zuhälter, Ex-Dealer? Wer wird dich einstellen?"
Grant ballt seine Linke.
„Außerdem glaube ich, sie hat dich an der Nase herumgeführt. Von wegen nicht mehr schreiben können. Ihren Schweinkram, den schreibt sie doch auch?"
Lulu schreibt. Kleine, erotische Geschichten und Mails. Nichts, was sich auch nur im entferntesten für ein Kinderbuch eignet.
„Jetzt sage ich euch, wie das läuft. Du, Grant, sperrst unsere liebe Mrs. Winter jetzt sofort oben in ihrem Arbeitszimmer ein. Pass gut auf sie auf, füttere sie und von mir aus vögele sie. Aber sieh zu, dass sie innerhalb einer Woche aus diesem angefangenen Manuskript ein komplettes Kinderbuch macht."
Das Skelett greift in die Tasche seines schwarzen Mantels und holt eine kleine, schwarz glänzende Waffe heraus.
Ich habe noch nie einen Revolver gesehen.
„Meine Lebensversicherung, Mrs. Winter. Die Russen sind unberechenbar und die Türken sind auch nicht viel besser."

Grant macht einen Schritt auf ihn zu, doch das Skelett zielt auf mich. Grant bleibt stehen.
„Eine Woche, Mrs. Winter. In einer Woche bin ich wieder hier. Und wenn Sie dann nichts abliefern können, muss ich Sie leider erschießen."
Ach ja? Faszinierend klein, schwarz, glänzend. Die Mündung verspricht Erlösung. Eine schnelle Kugel mitten zwischen die Augen. Western style.
Hier ist mein ticket to ride! Endlich! Und jemand anders wird es machen, jemand, der sich mit so was auskennt.
„Was ist daran so komisch?"
Das Skelett sieht mich lächeln und zum ersten Mal, seit dem der Knochensack hier hereingeplatzt ist, wirkt er verunsichert.
„Darf ich eine Bitte äußern?"
„Sure."
„Er soll es machen", sage ich und zeige auf Grant.
„Was?"
Das Skelett hat noch nicht begriffen.
„Wenn ich es nicht schaffe. Wenn ich in einer Woche kein Manuskript abliefere. Dann soll Grant mich erschießen."
„No", sagt Grant, „no way."
Aber das Skelett findet die Idee köstlich, es ist ganz entzückt. Der Totenkopf grinst breit.
„Selbstverständlich, Mrs. Winter. Das lässt sich arrangieren."
Grant sieht mich an, als hätte ich ihn soeben ermordet.
„Aber besser für alle Beteiligten wäre es natürlich, wenn Sie sich auf den Hintern setzen und endlich dieses dumme Buch schreiben würden."
Glaubt er tatsächlich, ich würde innerhalb einer Woche ein Buch schreiben können?

Armer Irrer. Das kann ich nicht, eher friert die Hölle zu.
„Ich werde mein Bestes tun", sage ich.
Grant hält es nicht mehr aus.
„Bullshit. Sie wird kein einziges Wort schreiben. Sie will sterben, hat es schon dreimal versucht und nun wird sie bloß darauf warten, dass die Woche vorbei ist, damit ich es für sie tue."
Das Skelett steckt seinen Revolver wieder ein.
„Dann halt dich mal ran, alter Junge. Hast eine harte Woche vor dir."
Es klappert zur Tür.
„Mrs. Winter", es tippt sich an den nicht vorhandenen Hut, eine Geste spöttischer Galanterie.
Dann ist es fort. Die Haustür fällt ins Schloss.
Grant steht immer noch auf dem Wohnzimmerteppich, seine Hände öffnen und schließen sich, nutzlose Fäuste. Ein Teil von mir möchte hinübergehen zu ihm, ihn umarmen, halten. Ein kleiner Teil von mir. Der Rest will ihn tot sehen.
Der Verwesungsgeruch hängt immer noch im Raum und wenn ich das nächste Mal an einem Mann Boss rieche, werde ich ihm vor die Füße kotzen.
„Du hast wirklich ganze Arbeit geleistet. Voller Körpereinsatz und alles nur, damit ich wieder schreiben kann. Zu dumm nur, dass ich nicht mehr so gut funktioniere wie früher."
„Maxi..."
„Du hast gehört, was dein knochiger Boss gesagt hat. Da halten wir uns auch dran. Ich verspreche, keinen Blödsinn zu machen und brav im Arbeitszimmer zu warten, bis es endlich so weit ist. Dafür musst du mir auch etwas versprechen."
„Yes, I will, but..."

„Versprich mir, dass du dich ab sofort aus meinem Computer raushältst. Komplett, verstanden? Ich will noch nicht mal, dass du auch nur in seine Richtung atmest."
„Yes."
Ich stehe mühsam vom Sofa auf, versuche, meinen Kopf hochzuhalten und an Grant vorbei zu kommen. Versuche, die Leere in mir zu ignorieren, die Krallen hat und mich langsam, methodisch, zerfetzt.
„Gut. Dann gehe ich jetzt nach oben."
Lässt er mich vorbei? Ich höre seinen schweren Atem. Nein, lässt er nicht. Seine Hand ergreift meine Schulter.
„I will not kill you!"
Ich muss stehenbleiben. Die Berührung entzündet meine Nervenbahnen, rast wie Feuer durch mein Inneres. Trotz alledem will ich ihn immer noch? Ich bin so beschissen dämlich!
„Das hast du schon. Ich brauche nur noch den Gnadenschuss. Den bist du mir schuldig."
„I never wanted it to be like this."
Ich auch nicht. Aber ich hatte nie eine Wahl.
„Lass mal bei Gelegenheit einen Test machen. Hepatitis C. Aids auch, wenn du schon dabei bist. Kann nicht schaden."
Die Hand gleitet von meiner Schulter.
„Darf ich jetzt gehen?"
Ich darf.

20.
„When my cats aren't happy, I'm not happy.
Not because I care about their mood but because I
know they're just sitting there thinking up
ways to get even."
Percy Bysshe Shelley

Nachts wehen die Gespenster durch mein Schlafzimmer. Am Morgen sehe ich eines im Spiegel. Und in der Küche immer noch Grant.
Ob er wirklich geschlafen hat im Wunderland? Er sieht nicht so aus. Grau, faltig im Gesicht. Langsame Bewegungen. Der Boxer verdaut sein K.O.
Aber er hat Tee gekocht und Toast gemacht. Auf dem Fensterbrett liegt die Hummel. Sie ist tot.
„Are you all right?"
Einmal, so gegen drei Uhr morgens, da war er im Schlafzimmer. Hat die Tür aufgemacht, drei Schritte in Richtung meines Bettes getan. Stand da und hörte mir beim Atmen zu. Bis die Stunde vorbei war, in der die meisten Menschen sterben. Auf meinem Platz steht die Packung Tabletten. Weiß, mit einem meeresblauen Streifen drumherum. Chemische Hoffnung. Wofür?
„I cocked it up."
Er kommt zum Tisch, schenkt Tee ein. Was hat er noch versaut? Grant setzt sich hin.
„My life."
Ich schütte Zucker in meinen Tee, bis er breiig wird.
„Willkommen im Club."
Ein gespenstisches Grinsen. Dann wird er wieder ernst.
„Ich wollte raus aus Moss Side. Jeden Tag Schießereien, jeden Tag Tote. Wenn du im Territorium der befeindeten Gang angetroffen wurdest, haben sie dich halb tot

geprügelt. Jeder Lehrer in der Schule, der wusste, wo du herkommst, hat nichts Gutes mehr von dir erwartet. Keiner hat dir eine Chance gegeben."
„Mir kommen gleich die Tränen."
Er zuckt mit den Schultern.
„That's how it was. More tea?"
Ich werde diese Engländer nie verstehen.
„Stark saved my ass. Literally. Sie haben mich unter der Brücke entdeckt. Feindesland. Sechs oder sieben große Jungs. Ich war halb so alt und halb so clever. Wollte nur ein ruhiges Plätzchen haben zum Lesen. Marge hatte schon wieder einen Typen aus dem Pub angeschleppt und es ging den ganzen Tag lang."
Grants Stimme bekommt Risse. Ich ahne die Dunkelheit hinter den Worten.
„Erst Prügel. Mein Heftchen landete auf gebrauchten Nadeln. Batman. The Dark Knight. Beschützer der Hilflosen. Bücken, Hose runter.
Doch sie kamen nicht weiter. Jemand warf Bomben. So kam es mir damals vor. Ein Penny für den Guy, ein Pfund für mich. Krieg. Einem der großen Kerle brannten die Haare. Sie ließen mich los. Alles floh wild durcheinander.
Durch das Krachen der Böller und den Rauch hindurch sah ich ihn kommen. Ein langes, hageres Kerlchen. Mit diesem selbstzufriedenen Grinsen im Gesicht und dem letzten Chinaböller in der Hand."
Mein Tee ist kalt geworden. Das Skelett als Terminator. Rettung in letzter Sekunde. Ich wette, er hat Grant dafür zahlen lassen.
„Er hat mich zum Boxverein geschickt. Respect, discipline, courage. No more gangs, no more streetfighting. Ich habe gelernt, zurückzuschlagen. Wir haben uns et-

was aufgebaut. Stark hatte die Ideen und ich habe ihm bei der Umsetzung geholfen."
Neben der Tablettenpackung liegt die Post von heute.
Ich zähle drei Briefe.
Zwei von der Bank und einen von meinem Versicherungsvertreter.
„It was good before it got worse."
Ist das nicht immer so.
„Du warst mein letzter großer Coup."
„Ich fühle mich geschmeichelt."
„Ich wollte ein Restaurant aufmachen in Manchester."
„Und den weiblichen Gästen aus Kochbüchern vorlesen? Das wird bestimmt ein Renner!"
Er sieht aus, als hätte ich ihn geschlagen. Verletzt, beleidigt.
„Did you never wish for something with all your heart? Acht Jahre lang habe ich an nichts anderes gedacht. Ich weiß, wie die Inneneinrichtung aussieht, ich weiß, mit welcher Farbe die Wände gestrichen sind, wie die Stühle sich anfühlen oder das Leinen der Tischdecken. Ich weiß, welcher Herd wo in der Küche steht, von welcher Firma die Kühlschränke kommen und die Dunstabzugshauben. Ich weiß, wie die Speisekarte aussieht und was auf der Weinkarte stehen wird."
Grant hat es geschafft, das selbst vor meinem inneren Auge ein ideales Restaurant erscheint. Aber das ist das Problem mit Träumen: in 99% aller Fälle platzen sie. Und das letzte eine Restprozent ist ebenfalls nicht sehr zuverlässig.
„Dein dürrer Freund hat nicht gründlich recherchiert und du auch nicht. Kein Manuskript, kein Geld. Schreib doch ein Kochbuch. Kläre die Welt über die Wunder der englischen Küche auf."

Ein kaum merkliches Schütteln des Kopfes.
Grant streicht sich mit der Linken über seine Bartstoppeln. Dann entdeckt er die Hummel, steht auf und geht zum Fenster hinüber. Vorsichtig schiebt er den kleinen Körper von der Fensterbank herunter in seine Hand hinein. Öffnet die Scheibe und lässt sie in den Garten fallen.
„That's it. Ich gehe. Du solltest die Polizei benachrichtigen. Ich werde mit ihm reden, aber Stark ist hartnäckig und er mag es nicht, verarscht zu werden."
Ein Windhauch aus dem Garten legt ein eisiges Band um meinen Nacken. Grant schließt das Fenster.
Er sieht auch nicht her, als ich meine Hosentasche nach dem kleinen, schmalen Umriss darin abtaste. Es fühlt sich gut an da drin. Ein beruhigendes Gewicht, das mich erdet. Meine eigene Privatversicherung sozusagen.
Grant räuspert sich entschuldigend.
„I've got something for you."
Er schiebt seine große Pranke über den Tisch, öffnet sie. Meine Zuckerdose. In minutiöser Feinarbeit zusammengeklebt.
Ich kann es nur sehen, wenn ich mit der Nase ganz dicht rangehe: drei zarte, dunkle Risse. Wie ein hauchfeines Seidengespinst. Kaum wahrnehmbar.
Sie sieht stolz aus: die Überlebende eines beinahe fatalen Unfalls. Genesen und bereit, wieder von vorne anzufangen. Tapfere kleine Zuckerdose.
Dämliches Ding.
„Don't cry. Take these bloody tablets, live and work."
Ich stelle die Dose auf den Tisch und wische mir mit dem Ärmel meines Hemdes über die schnodderige Nase.
„Danke."

Er steht in der Küche, sieht mich an, die Wand, den Kühlschrank, die Spüle.
„Right. Im gonna clean up before I go."
Ich stehe auf. Nein, etwas steht mich auf. Das bin ich nicht. Ich habe nicht länger die Kontrolle über meinen Körper. Über meine Emotionen schon gar nicht. Aber macht nichts, das bin ich gewöhnt. Ich gehe zu Grant hinüber, stelle mich ganz dicht vor ihn. Seine Augen verraten Unsicherheit, doch sein Gesicht wird weich. Ich sehe ihn so lange an, bis er sich endlich zu mir herunterbeugt. Seine Lippen auf meinem Mund, federleicht, vorsichtig zerbrechlich, ein Kuss, der mich seine Seele ahnen lässt.
Draußen miaut der Kater. Es klingt gar nicht gut.
Ich löse mich von meinem Engländer, der gerade dabei gewesen ist, mich ins Paradies zu küssen und gehe zur Terrassentür.
Ich öffne sie und atme tief ein. Die Luft ist feucht und belebend. Der Himmel, wenn man ihn genau betrachtet, gar nicht so einheitlich bleiern. Verschiedene Schattierungen von Grau, an manchen Stellen wie luftige Schleier. Immer schön dran denken: Irgendwo dort oben scheint tatsächlich die Sonne. Etwas bewegt sich zu meinen Füßen.
„Oh nein, Kater?"
Ich bücke mich zu dem nassen Häufchen Elend hinunter.
Kater liegt auf der Seite und mauzt schwach. Er sieht krank aus: eingefallene Flanken, aufgedunsener Leib. Weit
aufgerissene Augen. Irgendetwas stimmt ganz und gar nicht mit ihm. Wo habe ich die Transportbox hingetan?
„Grant? Wir müssen zum Tierarzt. Jetzt gleich."

Die Praxis ist nur zwei Querstraßen weiter. Eine schmucke weiße Villa, deren gesamtes Untergeschoss von Behandlungsräumen eingenommen wird.
Die Sprechstundenhilfe verteilt Leckerli in Form von knusprigen Fledermäusen.
Im Wartezimmer schnauft ein Mops asthmatisch vor sich hin. Sein Herrchen trägt Armani und stellt Ungeduld zur Schau.
Als wir vor ihm aufgerufen werden, beschwert er sich mit schriller Stimme.
„Ein Notfall", sagt die Tierarzthelferin ungerührt und winkt mich herein.
Kater hat einen aufgeblähten Bauch und riecht wie eine öffentliche Toilette. Ich streiche ihm über das verknotete, feuchte Fell.
Kater hasst üble Gerüche. Jetzt ist es ihm egal. Alles ist ihm egal. Sein Geruch, die Tatsache, dass er bei der Tierärztin auf dem kalten Metalltisch sitzt, die Tatsache, dass er stirbt.
„Ein Tumor, der auf den Darm drückt", sagt die Tierärztin.
Kater sieht durch mich hindurch. Ein Schleier liegt über seinen grünen Pupillen.
„Wenn sie diesen Blick haben, dann weiß man schon", sagt die Tierärztin.
Als ich an der Seite den Bauch ganz leicht drücke, kann ich fühlen, wie Flüssigkeit hin- und herschwappt.
„Sie haben die richtige Entscheidung getroffen", sagt die Tierärztin und zieht eine Spritze auf.
Kein Schläfchen mehr auf dem Teppich in der Nachmittagssonne.
Kein fragendes, kleines Geräusch, um zu erkunden, ob ich in Streichellaune bin.

Nie mehr die großen, grünen Augen, das spitze Koboldgesicht am Morgen auf dem Bett.
Die Pfote sanft auf meine Nase gelegt: aufstehen.
„Fünfzehn ist ein stolzes Alter", sagt die Tierärztin und setzt die Spritze an.
„Tschüss Kater", sage ich, „mach's gut."
„Er wird einfach einschlafen. Ganz sanft."
Die Tierärztin gibt mir ein Stück Küchenpapier. Ich wische mit der Linken über mein Gesicht. Mit der Rechten streiche ich über Katers Rücken. Er sackt ein wenig in sich zusammen, legt den Kopf auf die Seite. Weit geöffnete Augen.
„Das ist das gleiche Medikament, das in den Niederlanden für Menschen, die nicht mehr leben wollen, verwendet wird. Todkranke und so."
Kater atmet ruhig. Ich sehe zur Uhr oben an der Wand. Kurz vor zwölf. Der Zeiger rückt vor. Ich konzentriere mich auf Kater. Lasse meine Hand auf seiner Flanke ruhen, spüre das Leben unter der Haut flattern. Das kann ich für ihn tun: sein Leid beenden. Warum kann ich es nicht für mich tun? Weil ich niemanden habe, der mir eine Spritze gibt. Weil ich zu feige bin, von einem Hochhaus zu springen oder mich vor einen Zug zu werfen. Kater atmet, dann nicht. Atmet wieder. Immer langsamer die Atemzüge, immer größer die Abstände. Jetzt? Das war's? Nein. Noch ein Atemzug. Und noch einer. Dann, plötzlich, nichts mehr. Er ist tot, aber er sieht immer noch so lebendig aus. Die Tierärztin setzt ihr Stethoskop an, lauscht mit gerunzelter Stirn. Entspannt sich.
„Jetzt ist er im Katzenhimmel", sagt sie.
Ich habe nichts gemerkt. Gar nichts. Er ist einfach verschwunden. So schnell und elegant wie Alices Katze.

Eben noch ein warmer atmender Körper, in der nächsten Sekunde ein Sack Fleisch und Knochen. Ich lasse Kater hier. Sollen sie doch Seife aus ihm machen. Das ist nur noch eine leere Hülle. Ehe ich aus der Tür bin, drehe ich mich noch einmal um. Da liegt er, mit glasigen Pupillen und weit von sich gestreckten Beinen.
„Sie haben Ihr Körbchen vergessen."
Die Assistentin gibt mir die leere Transportbox. Erschreckend leicht. Auf der Rechnung steht: Euthanasie durch Injektion 29,70 Euro. Nur der Name des Medikamentes ist nicht erwähnt. Dumm. Ich stopfe die Transportbox in den nächsten Mülleimer. Es hat aufgehört zu regnen. Eine feine Kälte schleicht sich durch mein Hemd und versickert in meiner Haut. Grant öffnet mir die Beifahrertür. Warum nicht, was kann denn noch passieren?
„Where's the cat?"
„Weg."
Er atmet tief durch.
„Sorry."
Seine Hand legt sich auf meine. Das Gewicht drückt mich noch weiter zu Boden. Er gibt mir ein leicht zerknittertes, graues Taschentuch. Ich schniefe. Was hatte die Tierärztin gesagt?
„Katzenhimmel. Er ist im Katzenhimmel."
Das Geräusch, das Grant macht, eine Mischung aus Schnauben und Lachen ist unmöglich zu beschreiben. Er zieht mich an sich, und ich heule ihm gründlich das Hemd voll. Kann gar nicht mehr aufhören, kriege keine Luft mehr. Zu viel, zu schnell, zu endgültig. Armer schwarzer Kater. Dann kriege ich einen Schluckauf.
„Es gibt also verschiedene Sorten Himmel. 'Hicks'. Hast du das gewusst? 'Hicks'?"

Er legt seine Hand unter mein Kinn, hebt es an, küsst meine feuchten Wangen.
„I don't believe in this bullshit."
Ich halte die Luft an. Das soll helfen.
„Gut. Ich auch nicht. Sie behaupten, Tiere hätten keine Seele. 'Hicks'."
Save our souls. Rette mich. Ich ersaufe.
„Nicht nur Tiere, Menschen auch", sagt Grant.
„Manchmal kamen die Nonnen ins Violet Taboo, um mit den Mädchen zu reden."
„Nonnen im Puff?"
Mein Schluckauf hat sich vor Schreck verkrümelt.
„Nette Frauen. Wollten die armen, verlorenen Seelen retten. Die Mädchen haben sich gerne mit ihnen unterhalten."
„Und du?"
„Einmal. Never again. Sie wollte wissen, ob ich getauft sei. Ich habe den Kopf geschüttelt. Marge hatte es nicht so mit der Religion. Die Nonne war entsetzt. 'Dann bist du nur ein Geschöpf', hat sie gesagt. 'Kein Mensch'."
„Ein Geschöpf. Aber sind wir nicht alle Gottes Geschöpfe?"
Da ist es wieder: das Schulterzucken. Unnachahmlich elegant.
„I don't know and I don't bloody care. Better now?"
„Ja."
Nein. Ein bisschen. Vielleicht. Grant lässt den Motor an und steuert Puck aus der Parklücke heraus. Sie haben sich erstaunlich gut angefreundet miteinander. Der Mini gehorcht ihm auf's Wort.
„Als ich mit meinem ersten Roman unterwegs war auf Lesereise, hatte ich auch ein paar Termine in München. Tagsüber viel freie Zeit. Da bin ich mal in eine von die-

sen schönen, kitschig-überladenen Kirchen reinspaziert, zum Gucken. Nur so, aus Neugier. Schriftsteller sind immer auf der Suche nach neuem Material. Ein Gottesdienst fing an, und ich habe mich ganz hinten mit reingesetzt. Wollte mal sehen, wie das so läuft. Es lief so, wie ich es mir vorgestellt hatte: Ein bisschen singen, ein bisschen beten, aufstehen, hinknien, setzen. Dann kam die Predigt. Damals hatte es gerade eine furchtbare Tsunami-Katastrophe gegeben, und natürlich wurde für die Opfer gebetet. Aber dann kam es, und es kam so schnell und unerwartet, das ich den genauen Wortlaut nicht mehr wiedergeben kann. Doch sinngemäß sagte der Kerl da vorne ganz in Schwarz, das die da unten selbst schuld wären an ihrem Unglück. Weil sie nicht den rechten, allein seligmachenden Glauben hätten. Ich habe mich umgesehen in der Kirche. Gut besetzt, voller freundlicher, solider Wohlstandsbürger. Nicht einer sprang auf, um etwas dagegen zu sagen. Nicht einer wunderte sich. Sie alle waren hoch zufrieden, denn ihnen konnte das nicht passieren. Sie hatten ja den 'rechten Glauben'."

Wir sind zu Hause angekommen. Grant segelt mit Puck elegant in die Garage und stellt den Motor ab. Warum habe ich das Gefühl, das soeben noch etwas gestorben ist?

„As far as I am concerned, they're all a bunch of fucking wankers."

21.

„I love you the more in that I believe you had liked me for my own sake and for nothing else."
John Keats

Die Eingangstür ist angelehnt. Ich habe vorhin andere Dinge im Kopf gehabt.
„Grant, mach mal Licht an."
Er drückt vergebens auf dem Schalter herum. Nichts geschieht.
Im Dämmerlicht des Flurs glänzt ein weißer Briefbogen. Das passiert eben, wenn man seine Stromrechnungen nicht mehr bezahlt. Und die Eingangstür nicht verschließt.
„They cut you off?"
Das Entsetzen in seiner Stimme tut mir gut. Er ist stellvertretend für mich wütend auf die blöden Idioten, die mir den Hahn abgedreht haben. Mein englischer Held.
„What about my cooking? What about the fridge?"
Er flitzt in die Küche, öffnet die Kühlschranktür.
„Shit."
Aus der Dämmerung heraus kriecht mich eine unendliche Müdigkeit an. Sie ist fluffig-grau und hüllt mich schützend in Watte. Ich kann nicht mehr.
„Grant, ich gehe ins Bett. Vergiss nicht, die Eingangstür hinter dir zuzumachen."
Aus der Küche antwortet mir energisches Rascheln und ein paar weitere, leisere Flüche.
Man braucht kein Licht zum Schlafen. Ich rolle mich in meinem Bett zusammen und versuche, nicht auf das Tappen schmaler Pfoten zu lauschen.
Oder auf die schweren Schritte eines großen Mannsbildes.

Durch meinen kalten Herbstblätterschlaf raschelt ein unsichtbares Katzenvieh.
„I've got a surprise for you."
Er ist immer noch da. Hat die Hoffnung noch nicht aufgegeben. Grants Gesicht, von einer Kerze beleuchtet. Wo hat er die nur gefunden?
„It's seven pm. Get up."
Warum? Wofür? Außerdem hasse ich Überraschungen. Bin trotzdem neugierig, wühle mich aus meinen schlafwarmen Kissen und wage mich die Treppe hinunter. Grant sieht mich, geht in die Küche, kommt mit einem großen Einkaufskorb wieder, der randvoll gepackt ist.
„Zieh dir einen Pulli an und eine Jacke."
„Wir gehen raus? Hör mal, Grant, ich will nicht, das..."
Ein Kuss. Mitten auf meinen unvorbereiteten Mund. Langsam, ausgiebig, zärtlich. Ich bin billig. Für ein paar Zärtlichkeiten zu haben. Ich ergebe mich. Grant drängt mich aus der Tür und die dunkle, stille Straße hinunter. Biegt links in eine unscheinbare Sackgasse ein, die von schweineteuren Einfamilienhäuschen gesäumt wird. Auch hier, wie überall, grinsende Kürbisse, in denen Kerzen flackern. Ein Haus hat seine Eingangstür sogar in Spinnweben gehüllt, und eine fette schwarze Spinne seilt sich vom Dach ab. Die Sackgasse fällt ab zum kleinen Wannsee herunter. Wir bahnen uns einen Weg vorbei an fetten, schwarzen SUV's. Am Ende der Straße liegt eine überwucherte Mini-Insel am Wasser. Früher ein gut gepflegter Ort mit Bänken und Büschen, an dem man auch als Nicht-Anwohner sitzen und den Ausblick genießen konnte. Heute überwuchert mit Müll und Unkraut, und die Bänke sind schon längst verschwunden. Wahrscheinlich lassen sie es absichtlich verkommen, damit sie kein Proll in ihrer Splendid Isolation stört.

Grant nimmt eine Decke aus dem Korb, legt sie über das Gras. Glück gehabt, es hat heute nicht geregnet. Er verteilt ein paar Teelichter auf der steinernen Einfassung der Brüstung, zündet sie an.
„Please, sit down", sagt er und macht eine einladende Handbewegung.
Ich lasse mich vorsichtig nieder und schiebe die Vorstellung von gebrauchten Kondomen unter meinem Hintern in den letzten Winkel meines Gehirns. Drüben über dem Wasser feiert der Ruderclub eine Party. Der Garten ist mit Fackeln erhellt, sie spielen Tom Jones, das ist noch erträglich. Ich betrachte Grants Profil, während er den Inhalt unseres warmen Kühlschranks auf dem Gras verteilt. Flackerndes Kerzenlicht akzentuiert seine kaputte Boxernase. Für einen Romantiker hatte ich ihn bisher nicht gehalten.
„Wir haben Lachs, Camembert, Kaviar, Parmaschinken, Butter, Baguette. Zwei weiche Tomaten, eine halbe Tafel Zartbitterschokolade und...", er macht eine kunstvolle Pause.
Von der anderen Seite weht ein Duft nach gegrillten Würstchen herüber.
„...zwei Flaschen Shiraz!"
Mitsamt den Weingläsern. Die Ruderer können sich ihre Würstchen dahin stecken, wo nie die Sonne scheint. Ich nehme ein Glas von Grant entgegen, lasse mir die samtrote Wunderdroge einschenken und habe zum ersten Mal seit Jahren das Gefühl, dass das Leben eigentlich doch keine so schlechte Idee ist.
„Cheers, Maxi."
Ich lese etwas in seinen Augen, das mich erschreckt. Oder erschreckt mich eher die Heftigkeit, mit der ich mir wünsche, dass er es auch meint? Der Anblick zweier

leicht zermatschter Stücke Schwarzwälder Kirschtorte erschreckt mich ebenfalls.
„Ich wollte selbst backen, aber das ging ja nicht. Die sind gekauft."
Und nicht schlecht. Passen sogar zum Shiraz. Ich betrachte die Sterne, die jemand ins Wasser geworfen hat und lausche dem sanften Wellenschlag an der Mauer, die unsere Mini-Insel begrenzt. Vielleicht hätte ich nicht so schnell trinken sollen oder etwas mehr Käse und Baguette knabbern. Denn ich werde übermütig. Neugierig.
„Grant? Hast du... ich meine, bist du... gibt es jemanden? In England?"
Für eine Schriftstellerin ein bemerkenswert lausiger Versuch, eine präzise Frage zu formulieren. Was ich wissen will: Gibt es eine Frau in seinem Leben? Liebt er, wird er geliebt? Hat er Kinder?
Ich versuche nicht daran zu denken, warum ich das wissen will. Versuche, die nackte Sehnsucht, die jämmerlich in meinem Herzen herumheult, zu ignorieren so gut ich kann. Er wendet mir seinen großen, eckigen Kopf zu. Ich kann ihm nicht ins Gesicht sehen. Stattdessen fixiere ich eine Aldi-Tüte, die einen Meter von mir entfernt unter den Büschen steckt. Doch ich fühle seinen Blick auf mir.
„Rebecca", sagt Grant.
Die Aldi-Tüte bewegt sich, raschelt. Ich kann etwas Dunkles, Pelziges erkennen, ziehe sofort meine Beine zu mir heran. Ratten?
Wenn ich mich nur stark genug auf diese Tüte konzentriere, dann lässt vielleicht auch das Sehnsuchtsheulen wieder nach, das bei der Nennung dieses Namens zu einem fast unerträglichen schrillen Pfeifen in meinen Ohren wurde.

„She was the only one."
Er hat 'was' gesagt. War.
Grant sieht mich nicht mehr an. Er hat das Treiben drüben beim Ruderclub im Visier.
Sie haben ein Lagerfeuer gemacht, tanzen und Tom Jones singt Sexbomb.
„Ihr Auto blieb liegen. Ein schicker, neuer BMW mit einer hübschen, hilflosen Blondine darin: mitten in Moss Side."
Ich habe plötzlich einen bitteren Geschmack im Mund, der nicht von der Schokolade herrührt. Die Aldi-Tüte raschelt wieder.
„Die Jungs haben sich schon gestritten, wer als Erster darf. Dann bin ich da vorbeigekommen."
Er lacht. Ein tiefes, amüsiertes Grummeln.
„Als ich klein war, hat Marge mir die Märchen der Brüder Grimm vorgelesen. Das war so ziemlich das einzig Mütterliche, was sie je getan hatte.
Dummerweise hat mir das diese fixe Idee beschert von der Prinzessin in Not, die nur darauf wartet, von mir gerettet zu werden.
Du weißt schon: Aschenputtel, Schneewittchen oder Rapunzel. Irgendwann einmal wäre es so weit, und ich würde sie finden. Ja, und da war sie nun: die blonde Prinzessin im BMW."
Jetzt muss ich ihn doch ansehen. Ich will wissen, ob er mich auf die Schippe nimmt oder nicht.
Grant erwidert meinen Blick. Sein Mund lächelt, doch seine Augen wirken traurig.
„Ich habe die Prinzessin gerettet. Es war kein Problem, auch wenn sich mittlerweile schon zwei Banden um das Auto und die Frau stritten. Denn ich hatte einen mächtigen Freund."

Ich kann nicht verhindern, dass meine Nase sich kräuselt und ein kleiner Schauder über meinen Rücken huscht.
„Stark hat eine Menge für mich getan."
„Er hat sich auch sicherlich alles doppelt und dreifach zurückgeholt."
Wellenschlagen, Aldi-Tütenrascheln. Ich bohre etwas Gelb aus dem weichen Camembert.
„Rebecca?"
Jetzt will ich die ganze Geschichte hören.
„A fairytale. Sie war die reiche Witwe eines Börsenmaklers and I a classic fool. Habe mich von ihr einkleiden und wie ein neues Spielzeug vorführen lassen."
Jetzt begreife ich, warum er meine Hemden nicht wollte.
„Ich bekam Tanz- und Benimmstunden, begleitete sie ins Kino, zu Diners und ins Theater."
Ein neuerliches, diesmal weniger amüsiertes Grummeln.
„In einer Hamlet-Aufführung der Royal Shakespeare Company bin ich so fest eingeschlafen, dass mich erst das Klopfen an der Pforte im zweiten Akt weckte. Ich schreckte auf und rief 'who ist it'? Und der Schauspieler, der den Pförtner gab, sagte von der Bühne herunter: 'nothing-keep on snoring'. Rebecca was pissed off."
„Kann ich mir vorstellen. Aber was ist dann passiert?"
„Ich wollte sie heiraten. Hatte sogar schon einen Ring gekauft. Das Geld hatte mir Stark geliehen. Tom hat mich ausgelacht, hat gesagt, das hält doch nicht. Nun, Tom war schon immer der Klügere von uns beiden."
„Stark ist ein Arschloch!"
„Aber ein kluges Arschloch. Er hatte recht. Eines Nachmittags kam ich etwas früher nach Hause, und da saß sie mit ihren Freundinnen in der Küche. Hat mich nicht kommen gehört. Ich dachte, ich überrasche sie, schlei-

che mich heran. Und dann bin ich überrascht worden. Sie haben sich über mich unterhalten. Meinen Körperbau, meine Steherqualitäten, meine... Schwanzlänge. Einfach alles. Gekichert, gelacht, herumgealbert.
Und Rebecca lieferte alle Details. Sie hätte genauso gut eine Kamera im Schlafzimmer installieren und den Frauen diesen Film vorführen können.
Ich weiß nicht, wie lange ich da stand, immer kleiner und unbedeutender wurde. Bis Rebecca laut verkündete, dass sie meiner müde geworden sei. Zu dumm, zu ungebildet.
Sie wollte sich einen neuen Toyboy suchen."
Ich versuche mir vorzustellen, wie Grant sich gefühlt haben musste.
„Und? Bist du reinmarschiert und hast die Küche zu Klump gehauen?"
„No. Ich hatte Angst, dass dies nur der Anfang sein würde. Und man schlägt eine Prinzessin nicht."
„Eine wirkliche Prinzessin verhält sich nicht so!"
„Ach nein? Und was weißt du darüber, wie sich eine Prinzessin verhält?"
In seinen Augen sehe ich meine Sauferei, die Männer, die ziemlich unprinzessinnenhaften Versuche, durch den Final Exit zu entkommen. Die Selbstmordprinzessin.
„Ich habe auch Märchen gelesen."
„Bad luck."
Er klingt bitter.
„Sei nicht albern", sage ich, schroffer als beabsichtigt. „Wer glaubt denn heutzutage noch an Märchen? Die wahre Liebe? Doch nur Hollywood und die verkaufen rosarote Seifenblasen, aus denen Blut tropft, wenn sie platzen."

„Deswegen habe ich mich an die Nutten gehalten. Die sind wenigstens ehrlich."
Ich leere mein Rotweinglas und ertränke das leise gewordene Heulen meiner Sehnsucht. Die Aldi-Tüte bewegt sich wieder. Etwas windet sich aus dem Plastik heraus, etwas Dunkles, mit gelben Augen. Schräg stehenden, gelben Augen. Schleicht sich vorsichtig unter den Büschen hervor und setzt sich keinen halben Meter entfernt vor uns hin.
„Hey, Puss", sagt Grant und streckt seine Hand aus.
Die Katze mustert ihn misstrauisch, dann heftet sie ihre gelben Augen wieder auf mich. Stellt erwartungsfroh die angeknabberten Ohren auf.
„Sie mag dich", sagt Grant.
Und du? Das möchte ich gerne fragen, obwohl ich die Antwort schon kenne.
„Ich wusste doch, das die Milch noch zu was gut sein würde", sagt Grant.
Er gießt etwas davon in den Deckel einer Tupperschale und schiebt es vorsichtig vor den struppigen Flohzirkus. Die Katze sieht die Milch an, dann Grant, dann mich. Ich presse meine Lippen zusammen. Die Katze beugt sich über den Deckel und schlabbert los.
Nicht schon wieder. Ein Lebewesen, das sich erst in dein Bett und dann in dein Herz schleicht, nur um dir die Chance zu geben, es sterben zu sehen.
Außerdem habe ich keine Zeit mehr, mich um etwas zu kümmern. Mir eine neue Verantwortung ans Bein zu binden. Ich bin müde. So müde.
Lege mich auf den Rücken und sehe in den dunklen Nachthimmel. Über uns zieht ein Flugzeug blinkend seine Bahn.
„I love flying", sagt Grant neben mir.

„Kennst du die Geschichte von dem Mann im Flugzeug? Ein ganz normaler Passagier, nur bipolar. Und er hatte seine Medikamente nicht genommen. Alle sind eingestiegen, die Maschine ist voll, es kann losgehen. Der Mann wird unruhig. Er erträgt es nicht, da zu sitzen. Eingesperrt zwischen Leibern in Stahl. Er erträgt überhaupt das Stillsitzen nicht mehr. Er muss hinaus an die Luft. Sich bewegen. Also umklammert er seinen kleinen Rucksack, steht auf, drängt sich durch die Reihen. 'Wo wollen Sie hin', sagt der Flugsicherheitsoffizier. 'Bleiben Sie stehen. Was haben Sie in der Tasche'? Der Mann hört nicht, er will nur raus, der Flugsicherheitsoffizier hat eine Kanone. Der Mann schwenkt seinen Rucksack. Unmöglich zu sagen, was er gerade gedacht hat. Für wen er sich gehalten hat. Bevor er erschossen wurde."

„Sicherheitsoffiziere mit Knarren? Das muss in Amerika gewesen sein."

„Ja. Aber ich könnte da oben trotzdem ausflippen und wer weiß was anstellen. Also bleibe ich lieber auf dem Boden."

„I see. Beautiful, aren't they?"

Grant liegt neben mir und siehe da, einige Sterne zeigen sich. Extra für ihn, den Romantiker mit gebrochenem Herzen. Retter von Prinzessinnen und Ex-Toyboy. Ich kann es mir nicht verkneifen.

„Ja, schön. Schön tot."

„Tot?"

„Höchstwahrscheinlich. Manche Sterne sind so weit von uns entfernt, dass ihr Licht Jahre braucht, um die Erde zu erreichen. In der Zwischenzeit ist der Stern längst erloschen. Verglüht. Nur das Licht kommt hier unten noch an. Lichtjahre zu spät."

Zu unseren Füßen putzt sich die Katze. Ich kann das Raspeln ihrer rauen Zunge auf dem Fell hören.
Grant räuspert sich.
„Great Scot. What does it take to make you happy, woman?"
Ich fühle das Gewicht meines Taschenmessers an meinem Bein. 'Nicht viel', könnte ich sagen, und 'kill me' hinzufügen. Aber ich bringe meine Lippen nicht auseinander. Grant dagegen schon. Beugt sich über mich, sein Gesicht über meinem, ein suchender Blick, eine Frage, auf die ich keine Antwort weiß. Ein Kuss, der weitere Fragen aufwirft. Jedenfalls in meinem Kopf, nicht in meinem Körper. Der drängt sich hemmungslos an Grant, kann gar nicht genug Nähe, genug Wärme kriegen. Billig.
„Let's go home", sagt Grant leise in mein Ohr.
Ich kriege Gänsehaut. Grant stopft die Decke wieder in den Korb, hilft mir hoch. Hält meine Hand.
„We've got company."
Die strubbelige Katze hat sich leise an unsere Fersen geheftet. Ich ignoriere das Tappen lediger Pfoten auf dem Pflaster. Überlege gleichzeitig, wie viele Büchsen Futter Kater hinterlassen hat.

22.
„You never know what is enough unless
you know what is more than enough."
William Blake

Grant schnarcht. Der Anwalt nebenan wird uns wegen nächtlicher Ruhestörung anzeigen.
Ich habe die Tabletten genommen. Sitze vor dem gräulich leuchtenden Bildschirm meines Laptops und starre auf Worte, die keinen Sinn ergeben. Die Batterien halten nicht mehr lange.
Du hast es selbst gesagt: Es geht nicht so schnell.
Es geht vielleicht überhaupt nicht, trotz alledem. Was ist, Janus, könntest du diese Möhre, die du da vor meiner Nase baumeln lässt, nicht gefälligst selbst fressen?
Was ist, Maxi, könntest du diese Selbstmitleidsnummer nicht mal endlich in den Wind schießen?
Wenn er Substanz hätte, würde er eine Furche in den Teppich ziehen mit seinem hin- und herlaufen. Aber seine Frage ist interessant.
Was ist, könnte ich?
Es ist schön, wieder einen warmen Körper im Bett zu haben, einen, an den ich mich ankuscheln kann, wenn die Gier gestillt ist. Jedenfalls im Moment noch.
Aber wie wird es weitergehen? Werde ich sein Schnarchen hassen, seine Bartstoppeln im Handwaschbecken, seine Nasenhaare, die er nur dann schneidet, wenn ich ihm Gewalt androhe?
Werde ich sein Getue in der Küche hassen, seine Küchenchefarien und mir Kartoffelsalat mit Würstchen wünschen? Und er, wird er mich hassen, wenn ich noch ein paar Kilo mehr zunehme, weil das eine der vielen Nebenwirkungen des neuen Medikaments ist?

Wird er mich hassen, wenn ich trotz allem nicht schreiben kann und wir in Schulden ersaufen?
Wird er mich hassen, weil ich seinen Traum zerstört habe?
Zumindest kann er sich nicht mehr als Zuhälter betätigen, ich bin zu alt.
Und was wäre, wenn alles gut wird?
Das hier, Janus, du verzeihst, ist das wirkliche Leben. Kein Roman, kein Kinderbuch. Ich weiß, die meisten Leser wünschen sich ein Happy End. Aber nur, weil es das ansonsten in ihrem Leben nicht gibt.
Etwas raschelt im Flur. Ich sehe zur angelehnten Tür hinüber. Auf Augenhöhe schiebt sich ein Paar grüne Augen um die Ecke, blinzelt. Grant hat sich um den Flohzirkus gekümmert. Ihn gekämmt, gefüttert, gestreichelt und 'it's a girl' festgestellt.
Noch ein Tumorkandidat.
Das gehört nun mal dazu. Ohne Sterben kein Leben.
Ohne Leben kein Leiden. Nichts. Der Tumorkandidat schnurrt um meine Waden herum. Meine letzte große Aufgabe: Was schreibe ich Grant? Was hinterlasse ich der Nachwelt?
Wen interessiert's? Die gebackenen Bohnen des Lebens sind unverdaulich. Ich sterbe, also bin ich nicht mehr. Sorry, not strong enough. Heine sagte angeblich: „Gott wird mir verzeihen, es ist sein Metier."
Ich nehme die Katze auf meinen Schoß, streichle das warme Fell. Wir nennen sie Penthesilea, kurz: Penny. Wie wär das?
Es dämmert. Halloweenmorgen, die Türen öffnen sich. Zeit zu gehen.

23.

„The death of a beautiful woman, is unquestionably the most poetical topic in the world."
Edgar Allan Poe

Er liegt ganz in der Nähe. Es gibt sogar eine Gedenktafel und ein Hinweisschild. Trotzdem war ich noch nie da. Woher diese Vorstellung in meinem Kopf stammt, von einem blumenbekränzten Stein auf einem grünen Rasen, idyllisch am Wasser gelegen: keine Ahnung. Es ist dämmerig unter den Bäumen, nass-glänzende Blätter faulen am Boden. Ein schmaler Weg, Stufen hinunter zum Wasser. Links und rechts drängen sich klobige Rudervereinshäuser, rücken enger zusammen an der Stelle, wo der Pfad hinab innehält, einen Absatz bildet. Die Fenster glotzen leer und blöde. Hier?
Ich atme feuchte Luft, oben auf den Gleisen rauscht eine S-Bahn vorbei. Das Messer, ein beruhigendes Gewicht in meiner Jeanstasche.
Nie mehr Angst. Nie mehr Traurigkeit. Immer wenn ich die Hände ausstrecke, schneidet mich das Leben mit scharfen Klingen. Blutige Seele, zuckendes Fleisch. Kein Schutz, nirgends. Ruhig mein Herz, du hast es gleich geschafft. Zwei Bänke, dunkelrot, unter hohen, efeuumrankten Bäumen.
Der Grabstein. So weit, so gut. Doch in meiner Vorstellung war ich stets allein hier. Meine Vorstellung hat davor haltgemacht, mir zwei Niederländer vorzugaukeln, er noch viel blonder und bleicher als sie, die eine der Bänke, meiner Bänke, am Grab okkupieren. Sie ist mit einem dicken Taschenbuch bewaffnet: Heinrich von Kleist Gesammelte Werke, dtv. Er hat die Kamera. Beide unterhalten sich gedämpft.

Meine rechte Hand krampft sich um das Messer in meiner Hosentasche zusammen. Er entdeckt mich, beide grüßen freundlich. Mein Leben: eine Farce. Ich gehe trotzdem zu den Steinen hinüber, und es sind nur diese: Steine. Von ein paar vertrockneten Blumen gekrönt. Zu Kleists Füßen ein dickes Buch, aufgeschlagen bei einem Zitat: „Nur wer für den Augenblick lebt, lebt für die Zukunft." Die Seiten in Plastik eingeschlagen, die Schrift regenverlaufen. Alles mit künstlichen Sonnenblumen geschmückt. In wenigen Augenblicken werde ich keine Zukunft mehr haben. Ich bücke mich, sehe mir das Buch näher an. Jemand hat gebastelt, einen Elektronikkatalog zweckentfremdet. Ich blättere, lese die Beschreibung eines Positionsschalters. Das Papier ist fleckig und schimmlig.
Ich stehe auf. Hinter mir murmeln die Niederländer leise, melodisch, miteinander. Sie konsultieren einen Berlin Reiseführer. Harry doesn't live here any more. Er kann mir keine Hinweise darauf geben, wie ich es am besten anstelle. Kann mir nicht sagen, wie es ist, im letzten Moment. Wie es sich anfühlt. Zumal er vorher auch noch jemanden umgebracht hat: Henriette Vogel. Unheilbar krank und ebenso todessehnsüchtig wie er. Ich versuche, Kraft aus der Tatsache zu schöpfen, dass er es überhaupt geschafft hat und gehe weiter die Treppe hinunter zum Wasser. Auch hier zwei Bänke. Moosig, schimmlig, abgeblätterte Farbe.
Aus dem Papierkorb dazwischen quillt Müll heraus, schwappt auf den Pfad. Leere Coffee to go-Becher, der Wirtschaftsteil einer Tageszeitung, ein Joghurtbecher und sieh an: zwei Messer. Plastik, die Sorte, die man zum Picknick mitnimmt. Für meine Bedürfnisse unbrauchbar. Viel zu weich und biegsam. Nicht scharf ge-

nug. Ich setze mich. Es riecht nach toten Fischen. Wie hat es hier ausgesehen, als Heinrich und Henriette ihre letzten Atemzüge taten? Über dem Wasser die Wannseebrücke, monoton brummender Verkehr. Links und rechts das Gelände der Sportvereine. Offene Türen in den Maschendrahtzäunen. Ich kann sie vor mir sehen, im Sommer, wie sie hier herumlaufen, geschäftig mit dem Handy telefonierend, Kaffee und Zeitung lesend, denn auch in der Freizeit sollte man besser informiert bleiben.
Meine Füße berühren Zigarettenkippen. Es bläst kühl über das Wasser, ich fröstele ein wenig. Ob ich es nun am Grab mache oder hier unten, das ist auch egal. Hauptsache, ich mache es endlich. Und irgendwie scheint es mir seltsam passend in der Nicht-Idylle, zwischen Müll und totem Fisch. Ich stehe auf und gehe ein Stück zum Wasser hinunter. Ein paar spärlich belaubte Büsche, zwei dünne Bäume. Besser, als auf der Bank zu liegen. Falls sich die Niederländer doch noch entschließen, hier runter zu kommen. Wenn ich am Wasser liege, sieht mich so schnell keiner.
Ich hole das rote Messer aus der Tasche, Schweizer Qualitätsarbeit. Es liegt gut in der Hand, wie für mich gemacht. Ich betrachte nacheinander die Möglichkeiten. Korkenzieher, Feile, Schere, Zahnstocher. Und da ist sie: die Klinge. Sie ist schön: ein bisschen rund und doch spitz und scharf am Ende. Ich setze die Klinge an mein Handgelenk, betrachte das Geflecht feiner blauer Adern.
Da ist es, das Leben unter der Haut, hartnäckig pulsierend. Diesmal bin ich nicht betrunken. Diesmal schneide ich tief genug. Ich drücke ein wenig fester mit der Klinge zu. Mache einen kleinen Schnitt probehalber.

Tut kaum weh. Versuche es noch einmal. Ein heller, scharfer Schmerz, die Haut öffnet sich schüchtern wie ein Paar Lippen zum Kuss. Diesmal kommt Blut. Aber nicht genug. Ich muss fester drücken.

Vor mir, in der Uferböschung, raschelt etwas, platscht ins Wasser. Ich spähe ins Schilf. Eine Ente schwimmt davon. Hinter mir raschelt es. Bloß nicht. Nicht diese komischen Niederländer. Ich drehe mich um. Der Hund kommt vom Gelände des Rudervereins. Es ist eine dieser langbeinigen, arroganten Sorten mit den spitzen Nasen. Ein wahrer Aristokrat. Ich hasse Hunde, besonders die großen. Ich habe Angst vor ihnen. Ehe du dich versiehst, hängt dir das Monster im Bein und der Hundehalter flötet dummdreist 'der will nur spielen' oder 'das hat er noch nie gemacht', während du vor Schmerzen quietschst. Doch hier ist gerade kein Hundehalter weit und breit.

Also stehe ich ganz still. Soll Monsieur Köter sich doch die Pfoten vertreten. Hauptsache, er lässt mich in Ruhe. Er kommt geradewegs auf mich zu. Zielstrebig und flink. Sein Fell glänzt wohlgepflegt, und das Halsband ist mit funkelnden Steinen besetzt. Er hat das weißblonde Zöpfchen und die hochmütige Miene von Karl Lagerfeld. Schnuppert an meinen Hosenrändern. Rümpft kurz das Näschen, dreht sich um und hebt ein Bein.

Das geht alles so schnell, das ich nicht rechtzeitig reagieren kann. Warm und feucht sickert der gelbe Strahl durch meine Jeans hindurch. Karl schüttelt sich kurz und trabt hoch erhobenen Hauptes von dannen. Schnurstracks zurück zu seinem Ruderverein. Angepinkelt von Lagerfeld. Scheiß Haute Couture. Ich hoffe, er fällt ins Wasser. Ich hoffe, die schweren Steine an seinem Halsband ziehen ihn bis auf den morastigen, von

Schlingpflanzen und Müll übersäten Grund. Ich hoffe... oh Mann, das stinkt.
Plötzlich sehe ich mich selbst, von außen, am Ufer stehen: eine fünfzigjährige Frau mit fettigen Haaren, angepinkelten Jeans, ein Schweizer Messer in der Hand und wild entschlossen, sich endlich umzubringen.
Da passiert es. Jemand hat Erbarmen und polt in meinem verquer verkabelten Hirn ein paar Schalter um. Licht! Ich kann was sehen! Und was sehe ich? Ein komisches Weib. Sehr komisch. Geradezu umwerfend amüsant. Sie glaubt doch tatsächlich, sie hätte einen hauseigenen Anspruch auf ein gesundes, langes Leben! Und das angeborene Recht auf lebenslange, innige Liebe mit Seelenverwandtschaft und fantastischem Sex wenigstens dreimal pro Woche! Sie denkt, jeder müsste sie jederzeit und immer gernhaben und das ihr Bankkonto immer gefüllt sein müsste. Denn sie hat ein Recht darauf. Sie hat es verdient, alles auf einmal, einfach nur, weil sie hier ist! Das Allerbeste kommt zum Schluss. Sie glaubt doch tatsächlich, dass sich das Universum ihren Wünschen fügen würde. Fügen müsste. Haarsträubender Blödsinn! Als ob es das Universum auch nur einen Deut scheren würde, wer oder was auf diesem verlausten kleinen Planeten herumkriecht und sich mit unnötig dummen Vorstellungen quält. Das Universum pfeift drauf!
Und sie quält sich damit herum, strampelt sich ab, läuft ihren Ansprüchen und Bedürfnissen hinterher. Will, was sie nicht haben kann und tritt das, was sie hat, dabei mit Füßen.
So komisch, so absurd ist das, mein Gelächter hüpft mir die Kehle hoch, kitzelt mich am Zwerchfell. Hält mich im Griff, schüttelt mich von Kopf bis Fuß ordentlich

durch, ich krümme mich zusammen, gröle mich heiser, bis mir die Tränen kommen. Es tut weh, mein Bauch krampft sich zusammen und auch das ist komisch. Alles ist komisch. Dieser ganze verrückte, absurde Tanz um mich herum, mit mir mittendrin, ist saukomisch. Ich kann gar nicht mehr aufhören, muss es jedoch, weil mir die Puste ausgeht.
Wahrscheinlich bin ich jetzt endgültig durchgeknallt. Aber ich habe mich noch nie in meinem Leben so gesund gefühlt. Nur meine Knie sind etwas wacklig. Also lasse ich mich auf der Uferböschung nieder und sehe auf das Wasser hinaus. Eine zweite Ente hat sich zu der einsamen, ersten gesellt. Wie auf Kommando stecken beide ihre Köpfe ins Wasser und ich betrachte zwei Entenärsche, die an der Wasseroberfläche wackeln. Ich wische mit dem Ärmel meiner Linken über meine nassen Wangen. Und nun?
Das ist alles, was ich habe. Dieser vollkommene Augenblick Leben. Jetzt. Ein paar Sonnenstrahlen auf Entenärschen. Das Gefühl von Wind auf der Haut. Eine Möwe, die vorbeifliegt und mich interessiert mustert. Vollkommene Luftakrobatin.
Kostbare Balance. Was, wenn ich weiter mache?
Ich betrachte das Schweizer Messer, drehe es in meinen Händen hin und her.
Es gibt noch ein paar Katzenbäuche zu streicheln. Ein paar Gläser Shiraz zu trinken. Ein paar Bücher zu schreiben. Vielleicht. Es wird noch ein paar manische Phasen geben, es wird Schmerz und Enttäuschung geben. Bestimmt. So what? Shit happens.
Ich hole aus und werfe das Messer so hoch und weit wie ich nur kann. Es schlägt mit einem befriedigenden Klatscher auf dem Wasser auf und sinkt sofort.

Sartre hat Sisyphus für einen glücklichen Menschen gehalten, weil dieser lernte, seinen Stein zu lieben. Ich schaffe das auch. Auch alleine.
„Die Dinger sind teuer", sagt eine tiefe, leicht raue Stimme hinter mir.
Ich höre das Universum kichern, ein zartes Echo meiner eigenen Hysterie. Grant lässt sich vorsichtig neben mir nieder. Er legt eine Hand auf meinen Rücken. Sie zittert leicht. Eine Weile lang sitzen wir schweigend Seite an Seite und sehen auf den kleinen Wannsee. Die Enten drehen weiter draußen ihre Runde. Zwischen meinen Schulterblättern brennt ein kleines Herbstfeuer.
Nein, ich werde jetzt nicht anfangen, Botschaften ans Universum zu senden. Aber ich bin trotzdem neugierig.
„Wie hast du mich gefunden?"
„Du bist die einzige Prinzessin hier", sagt Grant.
Er hält mich tatsächlich für Prinzessinnen-Material?
„Prinzen, deren Job das Prinzessinnen retten ist, sind normalerweise keine kochenden Ex-Knackis."
Grant hat dunkle Ringe unter den Augen, und die Falten um Mund und Nase scheinen tiefer geworden zu sein. Er sieht mein Handgelenk und wird blass. Ich verstecke die Hand hinter meinem Rücken. Grant holt ein Taschentuch aus seiner Hosentasche.
„Zeig her."
„Ist nicht schlimm."
Er faltet das Taschentuch zusammen und bindet es fest um mein Handgelenk. Sieht auf den See hinaus. Atmet tief ein. Rümpft die Nase.
„Not a nice place to die."
Ich zeige auf mein feuchtes Hosenbein.
„Das bin ich, was hier so stinkt. Vom Leben angepisst."
„A dog? I don't believe it."

Ich auch nicht.
„Hast du deshalb gelacht? Das konnte ich bis rauf zur Straße hören."
So viel zu seinem Prinzessinnen-Radar. Ich lese Zweifel in seinem Gesicht und ein Fünkchen Hoffnung. Oder betrachtet er nur den großen Truck, der drüben gerade über die Wannseebrücke donnert?
Leise schwappen die Wellen an die Uferböschung. Ein hell glänzender Fischbauch treibt vorbei.
„Was passiert mit Prinzessinnen, die nicht gerettet werden?" will ich wissen.
Grant sucht das gegenüberliegende Seeufer nach einer Antwort ab.
„Werden vom Drachen gefressen."
Aha.
„Was, wenn der Held feststellt, dass seine Prinzessin weder besonders jung noch besonders schön, noch besonders gesund im Kopf ist?"
Grants Blick sagt, dass ich ihm den letzten Nerv raube. Für ihn sei alles klar. Für mich ist es das nicht.
„The Hero wants to grow old in peace and quiet but not alone. He needs a woman who loves fine food and a good fuck."
So steht das nicht bei den Brüdern Grimm. Aber ich könnte damit leben. Vor allem mit diesem Lächeln, das sein Gesicht offen und warm macht.
„Das mit 'peace and quiet' kann die Prinzessin nicht versprechen. Sie ist erblich vorbelastet. Alles andere geht klar. Besonders Letzteres."
Das Lächeln vertieft sich. Ich bade darin, ziehe mich aus, lasse mich überall davon berühren. Nie wieder Frösche küssen.
„I've no idea how that could happen."

Er weiß es wirklich nicht. Verwunderung, Neugier. Aufregung. Aladin beim Anblick von Gold und Edelsteinen. Zum ersten Mal in meinem Leben fühle ich mich kostbar und wirklich begehrt. Grants Finger streichen über meine Wange.
Es blitzt. Grant fährt herum, grollt.
„Sorry", sagt der Niederländer und steckt hastig seine Kamera ein.
„Very romantic", sagt seine Frau, schwenkt ihr Kleist-Buch und entblößt beim Lächeln ihr großes Pferdegebiss. Sie sitzen hinter uns auf der Bank. Wer weiß, wie lange schon.
Das Pferd öffnet ihr Buch.
„Ach, es muss öde und leer und traurig sein, später zu sterben als das Herz", liest sie stockend vor.
Heinrich ist nicht totzukriegen.

24.
„He would make a lovely corpse."
Charles Dickens

Grant hat überall Kerzen verteilt. Mein Laptop läuft noch zwei Stunden auf Batterie. Ich kann es nicht länger hinauszögern. Kein Selbstmord, heute nicht. Aber ich werde einen Mord begehen. Eine andere Tür schließen. Online.
In HotLove stapeln sich die Clubmails.
Der Dark Prince will wissen, warum ich ihn versetzt habe. Der Satyr vom Prenzelberg erbittet sich eine Wiederholung unseres 'aufregenden Treffens'. Und jemand, der sich 'Der Musiker' nennt, wünscht, auf meinem Körper eine Sinfonie zu spielen.
Lulus Brustwarze ist interessiert. Sie guckt immer noch neugierig durch die Spitze. Aber ich will nicht mehr. Und so lange ich mich in dieser Ruhe befinde, trügerisch oder nicht, so lange werde ich die Versuchung verschwinden lassen.
Grinsekatz wird stolz auf mich sein.
Ich klicke mich durch die Seiten, suche den Ausgang. Wo kann man hier seinen Account löschen? Gut versteckt. Aber ich bin hartnäckig, auch wenn Lulu jetzt angefangen hat, leise zu jammern. Da. Gefunden. Damit löscht Du Dein Profil. Sicher?
Nein, sagt Lulu, nicht sicher. Ich will mehr. Mehr Sex, mehr Männer. Mehr Hepatitis? Ich drücke auf 'ok'.
Alle Deine Daten, Clubmails, Bilder, Homepages und Kontakte werden gelöscht. Ganz sicher? Mein Finger schwebt über 'abbrechen'. Die machen es mir wirklich nicht leicht. Lulu schimpft mich eine verklemmte, dicke Schlampe.

Ich drücke nochmals 'ok'.
Die Daten können nicht wiederhergestellt werden, wirklich alles löschen?
Neeeiiiiin. Lulu heult wie eine irische Todesfee.
Was suchst du da draußen eigentlich? Das habe ich sie noch nie gefragt.
Abenteuer, Aufregung, Sex. Ja, klar.
Liebe. Liebe?
So viel Dummheit muss bestraft werden. Ich drücke zum hoffentlich letzten Mal auf 'ok'. Profil gelöscht. Endlich. Leb wohl, Lulu.
Unten klopft es. Kinder? Trick or treat?
Hoffentlich hat Grant noch etwas Schokolade übrig. Sonst kann er ihnen den Kaviar geben. Das Zeug mag ich sowieso nicht.
Ich folge Grants schweren Tritten in Gedanken den Flur hinunter.
Das Öffnen der Haustür lädt ein Schweigen ein, das sich sofort die Treppe hochschleicht und mich im Arbeitszimmer am Nacken packt. Es riecht nach Verwesung und Boss.
„Fuck off", sagt Grant.
Ein hohes, dünnes Kichern ist die Antwort. Das Skelett.
„Schönen guten Tag, auch für dich. Dachte, ich seh mal nach dem Rechten, old boy."
Leichte, tänzerische Fußtritte den Flur hinauf.
Er hat ihn reingelassen? Mein Held kann noch nicht einmal ein Skelett aufhalten?
Ich höre schon, wie die Drachen da draußen untereinander meine Adresse austauschen.
„What are you up to? Candlelight Dinner? Sitzt die Alte oben und schreibt?"
Schwere, schnelle Tritte.

„Ich hab's dir gesagt, es geht nicht. Sie schreibt nicht mehr. Soll dein Freund seinem Sohn doch was anderes zum Geburtstag schenken."
Die Heldenstimme klingt angespannt. Das Skelett wird leise.
„Grant, du sollst nicht mit dem Schwanz denken. Ich habe dich vor Rebecca gewarnt und ich hatte recht. Ich warne dich jetzt vor der Winter. She is a crazy old bitch, she will suck you dry. Sie wird dich kaputt machen, so wie sie ihren Mann kaputt gemacht hat."
Wenigstens das Skelett hat mal bei wikipedia reingekuckt.
„None of your business."
„Da irrst du dich. Erstens um unserer Freundschaft willen. Ich habe mich schon immer um dich gekümmert. Und zweitens, um des Geschäftes willen. Dass lasse ich mir nicht durch die Lappen gehen, nur weil der Knast dich kaputt geklopft hat. Wo ist Eisenfaust Grant geblieben, bei dessen Kommen sich alle Ratten schleunigst in ihren Löchern verzogen haben?"
Das wüsste ich auch gerne.
„I owe you nothing."
Etwas passiert mit Grants Stimme. Sie bekommt eine eisige Härte, die mich freudig erschreckt und den Drachen Kopfschmerzen macht. Aber das Skelett gibt nicht auf.
„So leicht lässt du also deinen großen Traum platzen?"
„It was the lonely dream of a lonely man. I am not alone any more. Jemand braucht mich. Das erste Mal in meinem Leben kann ich wirklich helfen. Und ich brauche sie. Das lasse ich mir nicht wegnehmen. Von niemandem und von dir schon gar nicht."
Da ist das Schweigen wieder.

Es steht neben meinem Bürostuhl wie ein durstiger Vampir, der Blut wittert. Ich wage mich trotzdem hinaus in den Flur. Schleiche mich ans Treppengeländer. Sehe einen dunklen und einen hellen Kopf, genau unter mir, am Fuße der Treppe. Der dunkle Kopf verwehrt dem hellen Kopf den Weg nach oben. Dragons eat your heart out.

Ich kauere mich an das Treppengeländer, spähe zwischen den Holzstäben hindurch nach unten. Ein Kind, das dem Streit der Eltern lauscht. Weiß, es geht um das eigene Leben und kann doch nichts tun.

„Du willst also unbedingt Sozialarbeiter spielen?"

„Just go."

Es geht sehr schnell. Plötzlich streckt das Wiesel die Hand aus, hält einen kleinen, schwarzen Gegenstand darin.

„I am sorry, old boy", sagt das Wiesel.

Es geht schief. Es geht mächtig schief. Er sollte mich erschießen, nicht Grant. Was mache ich nur?

„Last chance", sagt das Wiesel.

Grant wischt ihn beiseite wie eine Wespe, die auf den Pflaumenkuchen zusteuert. Das Wiesel stolpert, prallt mit dem Rücken an die Korridorwand, rudert mit den Armen, hält sich aufrecht. Die Waffe schliddert den Flur hinunter, unter die Kommode. Grant packt ihn am Hemd, ballt die Faust.

„She is crazy", ein Schlag in den Magen, "she drinks too much", ein zweiter hinterher, „she drives me nuts with her self-doubt", eine Ohrfeige, „but I want to wake up in the morning with her warm body next to me", noch eine Ohrfeige.

Ich kann es klappern hören. Das Skelett sollte besser seine Knochen nummerieren. Eisenfaust Grant macht

mir Angst. Aber ich bin auch stolz, ein wenig. Um mich hat sich noch nie ein Mann geprügelt. Selbst mit so zweifelhaften Motiven nicht.
Grant lässt ihn los. Tänzelnde Füße, die Arme in Angriffsposition. Er ist bereit für die nächste Runde. Ich könnte den Gong schlagen, aber das Wiesel ist rot im Gesicht, hustet. Wirft das Handtuch. K.O. in der ersten Runde.
Ich möchte hinuntergehen und den Sieger ehren. Doch stattdessen umklammere ich die Holzstäbe ein bisschen fester und ignoriere den kleinen scharfen Schmerz am linken Daumen. Nur ein Splitter.
„Shit", sagt das Skelett.
Ich kann sein Gesicht nicht sehen, doch in dem zischenden Tonfall liegt so viel Verachtung, dass ich mir den Ausdruck gut vorstellen kann. Grant hört auf zu tänzeln.
„Nutzloser, alter Idiot. Wir sind fertig miteinander. Und wenn sie fertig ist mit dir, don't come running to me!"
Er wankt, doch er schafft seinen Abgang ohne fremde Hilfe. Nur als er vor der Tür stehen bleibt, sich bückt und die Pistole unter der Kommode hervorzieht, bleibt mein Herz stehen. Buchstäblich. Es krampft sich in meiner Brust zusammen und verweigert die Arbeit. Das Skelett wiegt die Pistole in der Hand.
Grant sieht plötzlich nach oben zu mir. Ist ihm aufgefallen, das er meinen Herzschlag nicht mehr hören kann? Das Skelett steckt seine Waffe ein.
„Ich lasse dich leben. Das ist die größere Strafe. Have a nice life."
Er geht hinaus, lässt die Tür auf. Die Katze schleicht herein und bringt ihr Housewarming-Geschenk: eine tote Maus.

Mein Herz beschließt, noch ein bisschen weiter zu machen.
Vor allem, als Grant langsam die Treppe zu mir hochsteigt, sich neben mich auf den Boden setzt und mich in die Arme nimmt.

25.

"I love you not only for what you are, but for what I am when I am with you. I love you not only for what you have made of yourself, but for what you are making of me. I love you for the part of me that you bring out."
Elizabeth Barrett Browning

„Die Iren nennen es Samhain, Ende des Sommers."
Grant fährt und hält mir einen Vortrag. Er hat Puck wieder aus der Garage geholt. Ich hege den Verdacht, dass die beiden sich heimlich absprechen. Puck scheint nämlich zu wissen, wohin es geht. Ich sehe in die herbstliche Dämmerung und bin ratlos.
„Es wird in der Nacht vom 31. Oktober zum 1. November gefeiert, einer Nacht, in der die Türen zwischen den Welten offen stehen."
Kommt mir bekannt vor. Grant hält an einer Ampel. Eine Gruppe bunt kostümierter Kinder huscht lachend vorbei. Ich zähle drei Vampire, ein Gespenst und etwas, das aussieht wie ein großes, weißes Kaninchen.
„Man zündet Lichter an und stellt etwas zu Essen bereit, um die Ahnen zu sich zu führen und bewirten zu können."
Merkwürdig, diese britische Leidenschaft für's Essen im Freien. Bei dem Wetter, das die haben. Ich drehe mich zu dem großen Picknickkorb auf dem Rücksitz um. Leider ist der Deckel drauf. Dann biegt Grant in eine Seitenstraße ein und ein Kürbis grinst mich flackernd an.
„Nein."
Ich weiß, wo er hinfährt. Und ich verfluche meine Herablassung, meine Dummheit zu glauben, er könne seine Hausaufgaben nicht machen.
„Don't worry. I will be there with you."

Da drüben hat auch jemand den Eingang seines Hauses mit einem übergroßen Spinnennetz verhangen. Scheint In zu sein.
Ich zappele in Grants Fäden. Wir sind da.
„Es ist zu."
Ich bin entkommen, knapp. Der Waldfriedhof schließt nach Einbruch der Dämmerung. Grant lächelt. Das gefällt mir nicht. Er parkt den Mini ein paar Meter vom Eingang entfernt. Greift in seine Jackentasche und holt den gebogenen Draht heraus.
„I'm getting in wherever I want."
Er beugt sich zu mir, küsst mich. Mmmh, eine Friedhofsknutscherei. Sex auf dem Grabstein. Immer und überall. Nur nicht hier. Nicht auf diesem Friedhof.
„Come on."
Er steigt aus, hält die Beifahrertür auf. Ich schaffe es nur, weil er seine Hand ausstreckt, mir hilft.
Das Schloss sieht neu und glänzend aus. Es entlockt Grant ein paar leise Flüche, die jedoch höchstens einen Fuchs stören könnten.
Dann sind wir drin. Nachts, allein, auf einem Friedhof. Mein Herz, mein Herz. Es stoppt nicht, im Gegenteil. Es schlägt, als wäre ich frisch verliebt und würde sogleich das Objekt meiner Begierde treffen.
Vierte Reihe links. Ich finde ihn auch im Dunkeln. Aber so dunkel ist es gar nicht. Ein halber Mond am sternenklaren, kalten Himmel. Pappeln rauschen, Stimmen wispern. Ich bleibe stehen. Etwas huscht an mir vorbei. Ich kann ihn fühlen, er atmet im Wind.
Grant hinter mir, mein Schutzwall. Massig, kompakt, ungerührt. Er kniet sich hin und packt aus. Eine Picknickdecke, sechs Windlichter, die er anzündet. Mein Profi-Picknicker.

Jetzt kann ich auch die Inschrift auf dem Stein lesen:
„Matthew O'Brien, love of my life."
„Sit down."
Ich tue es. Meine Beine sind mir dankbar. Grant öffnet eine Flasche Whisky, füllt drei Gläser. Ich versuche, die Schrift auf der Flasche zu entziffern.
„Single Malt Whisky, ein Lagavulin, 16 Jahre alt?"
Grant schnuppert an seinem Glas, nickt.
„Strong, powerful, spicy, with sherry and smoke. Dachte, er würde ihn mögen."
Ja, das würde er. Grant stellt das dritte Glas auf den Grabstein. Drückt mir eines in die Hand. Ein Windhauch streicht mir über die Haare.
„Tell him", sagt Grant und hebt sein Glas.
Was soll ich ihm sagen?
„Tell him you're letting him go."
Ein Aroma von Torf und Rauch steigt mir in die Nase. Ich sehe Matthew in seinem Laden stehen und eine neue Lieferung auspacken. Über die Japaner schimpfen, die sich anmaßen, in Schottischen Destillerien ein 'Wasser des Lebens' herstellen zu wollen.
„Matti, es tut mir leid. Ich wollte dir nicht so weh tun, niemals. Ich wünschte, wir hätten mehr Zeit miteinander gehabt. Ich wünschte, ich hätte es dir erklären können."
Grant gibt mir ein Stück Küchenpapier. Er hat wirklich an alles gedacht. Ich trompete geräuschvoll hinein. Der Whisky glüht in meinem Bauch. Grant probiert und hustet. Fängt sich wieder, nickt anerkennend. Prostet dem Grabstein zu.
„I promise to look after her."
Der Wind haucht einen kalten Kuss auf meine Wange. Grant packt drei gefüllte Blätterteigtaschen aus, legt eine

auf den Grabstein. Ich koste, aber Hunger habe ich nicht. Der Friedhof ist erfüllt von kleinen Geräuschen und hastigen Bewegungen. Ich fühle mich interessiert, neidisch und neugierig gemustert. Nur einer ist zufrieden. Glücklich?
Glücklich.
Das ist eine sehr gute Idee.
Janus steht nebenan auf einer Marmorplatte, die linke Hand lässig auf einen trauernden Engel gestützt.
Du hattest den richtigen Riecher von Anfang an.
Er ist gut für dich.
Sieht fast so aus.
Janus? Du bist nicht allein, wer versteckt sich da hinter deinem Rücken?
Sie ist noch ein bisschen schüchtern, aber du kennst sie ja. Das gibt sich schnell.
„Cassy!"
„What?"
Ich habe laut gesprochen. Grant ist aufgesprungen und sieht sich um. Er scheint doch nicht so ungerührt zu sein von seiner Umgebung, wie er sich gibt.
„Alles in Ordnung. Ich habe nur laut gedacht."
Sie kichert. Janus sieht unerträglich selbstzufrieden aus. Grant setzt sich wieder hin. Füllt unsere Gläser nach.
„A wee drum."
Ein winziger Schluck.
Aus den Augenwinkeln heraus beobachte ich Cassy, die von Grabstein zu Grabstein geht, hier eine Inschrift liest, dort eine Statue betastet. Ich kann ihre Trauer fühlen.
Janus lässt sie nicht aus den Augen. Er ist ihr Hüter.
Grant hat die Pasteten vertilgt und rülpst leise.
„Another one?"

Der Pegelstand in der Whiskyflasche ist erschreckend schnell gesunken.
„Nein, danke. Ich muss nachher noch schreiben."
Grant betrachtet mich. Neugierig, misstrauisch, hoffnungsvoll? Ein bisschen von allem.
„All right, let's go."
Grant packt zusammen, pustet Lichter aus. Ich habe gesehen, wie er die Pasteten gegessen hat. Aber das dritte Whiskyglas, wann hat er das geleert?
Janus und Cassy warten schon vorne am Tor.
Ich drehe mich noch einmal um. Ist es der Rauch von den Kerzen, der sich über seinem Stein sammelt, aussieht wie eine Gestalt, die den Arm hebt und winkt? Ich winke vorsichtshalber zurück. Grant nimmt meine Hand.
„What would you like for dinner?"
„Dich."